DARK
MOON

WITH ENHYPEN

DARK
MOON

WITH **ENHYPEN**

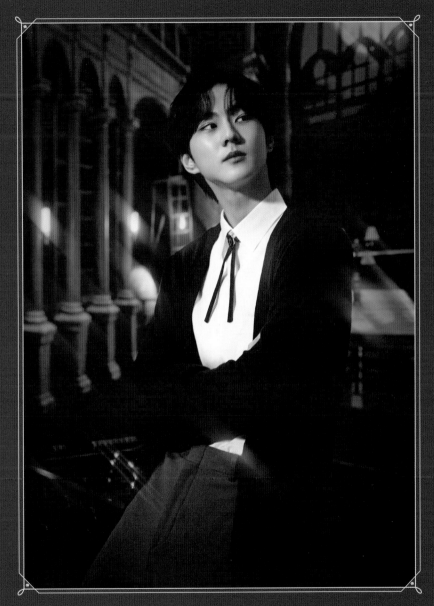

DARK
MOON
달의 제단

WITH **ENHYPEN**

DARK
MOON

WITH ENHYPEN

DARK MOON
달 의 제 단

WITH **ENHYPEN**

DARK
MOON
달의 제단

WITH ENHYPEN

DARK
MOON

WITH **ENHYPEN**

DARK
MOON

WITH ENHYPEN

DARK 달 의 제 단 MOON

WITH **ENHYPEN**

기획/제작
HYBE

공동기획

DARK
달 의 제 단
MOON

WITH ENHYPEN

7
WEBNOVEL

학산문화사

차 례

→ 제71화 ←

오토널 습격
part 10

언제나 헬리가 뱀파이어들의 뇌 속을 읽는 건 엄청나게 도움이 되면서도 동시에 엄청나게 시간이 걸리는 작업이었다.

그리고 어찌 보면, 가장 힘들고 역겨운 작업이기도 했다. 안위와 야망을 위해 거리낌 없이 살육을 일삼고 남을 밟아버리는 뱀파이어들의 뇌 속만큼 더럽고 불결한 곳도 없으니까.

"형, 잠깐 쉬어. 내가 할게."

헬리에게 가장 중요한 건 꿈에서 본 과거와 현재 사이를 잇는 일이었다

어쩌다가 보육원으로 오게 된 건지, 어쩌다가 그들이 어려지고 수하는 사라졌다가 다시 나타난 건지 알아야 했다.

필사적으로 트리샤의 뇌를 뒤지던 헬리는 가끔 치밀어 오르는 역겨움에 구토감마저 느꼈다. 희게 질린 그를 시온이 말렸

다.

"내가 할게, 좀 쉬어. 이러다 진짜 형이 제일 먼저 쓰러지겠
다."

시온도 이제 슬슬 매료를 제대로 써먹을 수 있었다. 매료시
킨 트리샤는 그의 명령에 따라 그저 정직한 대답만 해야 했다.

헬리는 마른 입가를 쓸어내리며 시온이 이끄는 대로 뒤로
물러났다. 시온만 그를 뜯어말리는 게 아니었다. 수하도 그렇
고, 모두가 착잡한 얼굴로 헬리를 보고 있었다.

"대충 여태 본 것만 보여줘. 그럼 내가 마무리할게."

하지만 괴로운 것과는 별개로 헬리는 이제 이능력을 능숙하
다 못해 아주 무서울 정도로 쉽게 사용하고 있었다.

그가 고개를 한 번 모로 까딱이는 순간, 늑대인간 소년들과
뱀파이어 소년들, 그리고 수하에게 그가 여태 봤던 모든 정보
가 한꺼번에 전달되었다.

수하가 놀라 경직되는 사이 헬리는 그녀를 빠르게 잡아챘
다. 칸의 눈이 잠시 그들에게로 향했다.

"어……."

아아. 수하는 머릿속에 한꺼번에 밀려와서 어지럽게 뒤섞이
는 새 정보에 잠시 비틀거렸다. 하지만 이미 헬리가 그녀를 붙

잡고 있었기에 괜찮았다.

"괜찮아."

피. 피 밖에 없다. 다르단의 시커먼 욕망은 언뜻 보기엔 왕좌로 향하는 것 같았으나 그게 아니었다. 그는 공주를 탐욕스럽게 바라보고 있었다. 아주 짙고 깊은 눈으로.

언뜻 헬리가 그녀를 보는 눈과 같았지만, 그의 눈은 맑고 깨끗하기만 했다. 하지만 다르단은 비교도 하기 싫을 정도로 바닥이 없는 시선으로 공주를 보았다. 오래도록 보았다.

"괜찮아, 수하야."

수하야. 헬리는 그녀의 이름을, 예전에는 감히 부를 수 없어 호칭으로 불렀던 그녀의 이름을 쉽게 부르며 다독였다.

그녀는 어깨를 부르르 떨었다. 공주를 향한 다르단의 욕망이, 그녀가 피를 마시고 강해졌기에 그만큼 강해지고 싶다는 욕망이 몸서리쳐질 지경이었다.

다르단의 수하들이 봤던 기억만으로도 이렇게 소름 끼치는데 직접 대하면 얼마나 징그러울까?

"수하야."

하지만 수하는 아직까지도 헷갈렸다. 과연 그녀 자신을 공주라고 스스럼없이 인정할 수 있을까? 아직까지도 낯설고 어색하기만 했다.

"괜찮아? 나갔다 올래?"

몰려오는 최고신관과 트리샤의 기억에 오만상을 찌푸리고 있던 카밀이 허리를 숙여 수하의 낯빛을 살피며 물었다. 차라리 이런 때는 신선한 공기라도 쐬고 오는 게 나을 것 같았다. 벌써 이 어둑한 지하에서 몇 시간째인가.

"얘 나갔다 오는 게 나을 것 같은데? 헬리 너도 좀 바람이라도 쐬고 와."

카밀의 말이 맞았다. 헬리는 고개를 끄덕이며 방향을 틀었다. 머리가 아파올 지경이었다.

"수하야. 나갈까?"

칸은 잠시 고민했다. 저 둘만 내보내는 건 위험하다. 물론 안전한 건 계속 확인했지만 또 다른 뱀파이어들이 나타날 수도 있었다. 그러니 함께 갈 사람이 필요했다.

'내가 갈까?'

하지만 곧바로 지노와 자카가 당연하다는 듯 두 사람에게 따라붙었다. 언제나 고민보다는 행동이 더 빠르다는 걸 아는데, 그게 힘들다. 칸은 시선을 내렸다.

네 사람은 조용히 신전을 나서서 쳐다보기도 싫은 초상화가 걸린 복도를 지나갔다. 수하는 일부러 초상화 쪽은 바라보지 않았고, 헬리는 수하와 초상화 사이에 서서 걸어갔다.

어느새 날이 완전히 밝아서 시청에는 햇살이 내려앉았고, 시장도 사라지고 트리샤도 사라졌지만 어쨌든 겉으로는 아주 평범하게 시청이 돌아가고 있었다.

"나 몇 놈만 때려잡고 올게."

자카의 눈에는 이미 트리샤와 시장이 없어 당황한 뱀파이어 몇 명이 보이나 보다. 그는 말만 남기고 휙 사라졌다.

헬리는 수하를 데리고 과감하게 시청 바깥으로 나가 광장을 가로질렀다. 신선한 공기가 얼굴을 때리자 정신이 확 들었다. 그녀는 헬리의 옷자락을 잡았다.

"잠깐만."

잠깐 여기에서 이 차가운 공기로 폐를 가득 채우고 싶었다. 수하는 크게 심호흡했다. 곁에 선 헬리와 지노는 아무 말도 하지 않고 그녀가 움직이거나 입을 열 때까지 기다렸다.

"……공주는 책임감에 어깨가 짓눌리는 기분이었어."

앞에 '공주는'이라고 덧붙이지 않았다면 수하 자신의 이야기를 하는 것처럼 들렸을 거다.

"몸은 약하고 신체 능력은 안 따라주는데 나, 아니, 공주 말고는 아무도 없으니까……."

그녀는 쪼그려 앉아서 중얼거리며 얼굴을 문질렀다.

"그걸 간신히 너희가 있어서 잘 견뎌냈는데, 진심이야. 진심으로 너희가 있어서 괜찮았어."

아픈 사람 취급하지 않고 걱정하는 기색도 감춘 채, 고귀한 왕국의 후계자면서도 친근하고 가깝게 다가와 주는 기사들 덕에 숨통이 트였다.

"피를 마시니까 몸도 괜찮아져서 다행이다, 했는데."

꿈을, 그리고 헬리가 알아낸 정보를 종합해보던 수하는 얼굴을 일그러뜨렸다.

"아무래도 즉위는 못 한 모양이야. 그렇지?"

뭔가 크게 잘못되었다는 건 알고 있었지만 즉위하기도 전에 일이 터졌을 줄은 몰랐다.

다르단은 정확하게는 여왕을 죽이고 공주를 차지할 생각을 하고 있었다.

그 생각을 하니 또 속이 울렁거린다. 엄연히 말해, 수하는 잘 알지도 못하는 사람인데 이렇게 본능적으로 혐오감이 드는 걸 보면 공주가 그를 어지간히도 싫어했나 보다.

"그러니까 공주지. 맞아. 즉위를 했으면 호칭이 바뀌었을 거야."

수하는 중얼거리면서 고개를 푹 숙였다.

그 싫은 사람을 이제 맞서 싸우러 가야 한다고? 와, 진짜 싫다. 너무 싫어. 이렇게 더 싸우러 가기 싫은 건 처음이다.

수하는 한숨을 푹 쉬었다.

"너무 짜증 나고 싫어서 때리고 싶어."

"뭐, 뭘?"

깜짝 놀란 지노가 그녀를 쳐다보았다.

"재상."

헬리가 건조하게 웃으면서 대신 대답하자, 지노는 아, 하고 고개를 끄덕였다.

"아. 나도 그놈은 때리고 싶었어."

누군들 안 그럴까. 저 안에 있는 늑대인간 소년들도 지금 계속해서 늑대인간들이 고작 피를 제공하기 위해 개처럼 끌려와서 죽어 나간 게 다르단 때문이라는 사실을 재확인하고 어마어마하게 분노하고 있었다. 다르단을 때리려면 번호표를 뽑아야 할 지경이었다.

"수하야, 뭐라도 마실래? 내가 가서 사 올게. 선샤인 애들도 뭐 마시려고 하겠지?"

지노는 근처를 둘러보더니 주머니에 손을 넣고 걸어갔다. 다시 수하는 헬리와 단둘만 남았다.

"……나 모르겠어."

올려다보며 말하자 헬리는 '뭐가?'라고 다정하게 눈으로 물었다.

"이게, 싫고 끔찍한 감정이 내 건지, 아니면 공주의 건지 모르겠어. 나랑 공주는 좀……, 거리감이 있거든. 나는 분명히 우리 엄마 딸인데, 그렇다고 해서 공주가 내가 아니라는 건 아니고."

뭐라고 설명해야 하나. 수하는 그게 좀 어려워서 뺨을 문질렀다.

기억이 쭉 이어지는 뱀파이어 소년들과는 달리 그녀는 공주라는 존재와 아직까지도 낯을 가리고 있었다.

"나도 내가 어떻게 보육원에서 어린 모습으로 있었는지 모르겠는데."

"그렇지만 너는 네가 기사였다는 것에 확신을 가지고 있잖아."

헬리는 재미있다는 듯 근사하게 웃었다. 그래. 쟤는 웃는 게 근사해서 문제다. 아니, 사실 진짜 문제는 그가 따뜻한 눈으로 이해한다는 표정을 지으며 웃는 거였다.

"너는 생각 읽는 이능력도 없는데 그걸 어떻게 알았어? 응? 어떻게 알았지?"

"아, 저리 가. 붙지 마."

"진짜 가? 나 버리는 거야?"

"버리긴 누가 버, 아, 이리 와."

못 이기는 척하면 헬리는 좋다는 걸 숨기지 않고 바짝 와서 붙었다.

"공주가 아니면 어때."

헬리는 사실 수하가 공주라는 걸 이미 확신한 지 오래였지만, 때론 듣고 싶어 하는 말을 진심으로 해줘야 할 때도 있는 법이다.

"공주라서 좋아하는 것도 아닌데."

"진짜?"

그는 대답 대신 한쪽 눈썹을 치켜 올렸다. 애 좀 봐라?

"아, 아니야. 응. 알았어. 고마워."

"아니긴 뭐가 아니야? 너 지금 그럼 여태까지 그런 줄 알았다는 거잖아."

"아니, 나는······! 나는 그게 조금, 아주 조금은 영향이 있지 않았을까, 하고······."

"무슨 생각을 하는 거야, 진짜?"

헬리는 푸스스 웃어버렸다.

"나는 네가 나 걷어찼을 때부터 좋아했는데."

"뭐, 처음 만났을 때 얘기하는 거야?"

"어. 왜? 그때부터 내가 너한테는 무척 다르게 대했는데? 몰랐어? 알았잖아."

그런 거야 이젠 서로 알 만큼 알 때도 되었다.

"이능력 때문에 그런 줄 알았지."

"응. 그래서 자꾸 날 피하길래 나는 너무 섭섭했고."

그러면서 은근슬쩍 더 바짝 다가오더니 수하를 꼭 안아버렸다.

"괜찮아. 끝까지 가보고, 어떻게 된 건지 그때 고민해도 늦지 않아. 다 끝나면 리버필드로 돌아가서 하루 종일 같이 있자. 나는 그 생각만 하고 있으니까."

모든 게 다 끝나고 평범하고 즐거웠던 생활로 돌아갈 수 있길.

"······둘이서?"

우물쭈물하다가 수하가 묻자 헬리는 활짝 웃었다.

"당연히 둘이서."

"응, 좋아."

두 사람은 일곱 명분의 음료를 사 온 지노가 '이제 그만 떨어져!'라고 짜증을 낼 때까지 꼭 붙어 있었다.

"들어가도 되겠어?"

마지막까지 괜찮냐고 한 번 더 물어본 헬리는 수하가 고개를 끄덕이자 그녀의 손을 꼭 잡고 다시 아래로 내려갔다. 지노는 헬리가 하는 행동을 몹시 재미있어하며 뒤에서 걸었다.

불과 몇 마디 나누지도 않았는데 지긋지긋하게 짜증 나던 마음이 어느새 평온하게 가라앉았다. 물론 복도를 걸어가면서 다시 마음에 추가 얹힌 듯 무거워졌지만, 아까만큼은 아니었다.

"왔어?"

칸이 안쪽에서 문을 열어주며 그들을 맞았다.

"이거 마시면서 해. 그사이에 뭐 나온 거 있어?"

지노가 사 온 걸 칸에게 안겼다. 늑대인간 소년들은 안 그래도 목이 말랐다는 듯, 일제히 손을 뻗었다. 헬리는 완전히 넋을 놓은 트리샤 앞에 앉은 시온을 바라보았다.

"일단 히버널 성문을 여는 방법은 알아냈어. 트리샤를 앞세우면 아마 깊숙한 곳까지도 돌파 가능할 거야. 하지만 트리샤를 인질로 쓰는 건 불가능해.”

“여러 번 물어봤는데 대답이 똑같아, 형.”

노아가 고개를 저으며 덧붙였다.

“다르단에게 인질이 될 만한 존재가 없지. 원래 그런 놈이니까. 그리고 뭐⋯⋯.”

헬리는 대답하다 말고 칸을 쳐다보았다.

“우리도 인질을 잡는 건 귀찮으니까.”

칸도 대답 대신 고개를 끄덕였다.

“히버널 성의 구조와 거기 있는 전력을 자세히 알아봐야겠네. 고생했어. 쉬어.”

헬리는 시온에게 이제 물러나라는 손짓을 했다.

“알아낼 만큼 알아내면 바로 히버널로 갈 테니까, 그때까지 다들 몸 상태 점검하고 충분히 쉬어.”

마지막 종착지가 가까이 왔다. 그들은 망설임 없이 바로 돌파해야 했다.

☾

오토널에서 멀지 않은 도시 히버널에 스스로를 태조라 칭하는 다르단이 있다.

사실 히버널 시와는 멀리 떨어진 외곽에 있는 그의 '성'은 뱀파이어 소년들이 이미 알고 있던 곳이기도 했다.

"미친놈."

헬리가 마지막으로 트리샤의 머릿속을 싹싹 스캔해 소년들과 정보를 공유하자, 그 조용하던 솔론이 참지 못하고 욕을 툭 했다.

"지가 뭔데 왕성을 차지하고 있어?"

"왕성?"

가만히 머릿속으로 '이젠 성이냐' 하고 탄식하며 정보를 되새기고 있던 나자크가 눈을 번쩍 뜨고 솔론을 쳐다보았다.

"어. 여기 우리가 예전에 살던 데야."

"아. 그, 기사일 때?"

솔론은 입술을 깨물며 고개를 끄덕였다.

원래 주인이 사라진 왕성을 그 기분 나쁜 놈이 차지하다니. 언제나 새롭게 분노가 치솟을 일이 하나씩 하나씩 계속 나타난다.

"하지만 너무 오래되어서 그사이에 많이 개조되고 구조도 달라졌을 거야. 게다가 우리도 이제 기억이 나는 상황인지라, 사실상 이용할 수 있는 게 거의 없겠네."

이안이 유감이라는 투로 중얼거렸다. 그 역시 솔론과 같은 이유로 화가 난지라 목소리가 거칠었다.

"그렇다고 해서 가는 걸 늦출 수는 없지."

언제나 기습만이 소년들에겐 유일한 무기였다. 칸은 조용히 말하며 두툼한 외투를 입었다. 히버널은 쌀쌀한 오토널보다 더 추울 것이다.

"잠시 쉰 뒤 바로 출발하자."

다들 어느 정도 부상에서 웬만큼 회복했고, 배도 든든히 채웠다. 소년들은 이제 아주 자연스럽게 다음 전투를 향해 움직이기 시작했다.

늑대인간 소년들은 본능적으로 이 다르단이라는 자만 해치운다면 더 이상 종족을 위협하는 이는 지상에 없을 거라는 사실을 알았다. 그러니 아무도 멈출 수 없다.

제 72 화

달의 제단
part 1

작전을 짜는 데는 시간이 많이 걸리지 않았다.

히버널 성을 가장 많이 드나든 트리샤의 머릿속을 통해 작전이 짜였다. 그녀가 가장 많이 드나들었으니, 그녀가 생각하는 작전이 가장 효과적일 테니까.

"잠입하려면 어떻게 해야 하지?"

시온의 질문에 트리샤는 잠시 머뭇거렸다.

"완벽한 잠입은 불가능하다."

따따한 목소리로 대답이 나오자 소녀들은 모두 한숨을 푹 쉬었다.

"어차피 중간에 들킬 거야."

들키지 않는다면 그들이 최대한 많이 죽이겠지만, 시체가 쌓이다 보면 결국 들키겠지. 정해진 수순이었다.

"최대한 늦게 들키면서 가장 깊숙하게 들어갈 수 있는 루트는 뭐지?"

시온이 질문하고, 헬리가 매료당한 트리샤의 머릿속을 샅샅이 읽어 내렸다. 그 안에 들어 있는 히버널 성 구조, 다르단의 성격과 특징, 공격패턴, 성을 지키는 정예부대 인원수, 화력, 이 모든 게 대충이라도 트리샤의 머릿속에 있으니 그나마 다행이었다.

"으음, 인원은 상당히 적어."

게다가 정예부대는 트레나가 한 번 끌고 나갔다가 소년들이 절멸시키는 바람에 핵심 인원이 빠진 상황이었다.

"어째서?"

그 정도로 인원이 적단 말이야? 루슬란이 고개를 갸우뚱거렸다. 한참 알아보던 헬리가 대답했다.

"애초에 그 정도 되는 뱀파이어들이 많지 않네."

강한 뱀파이어들은 드물다. 능력이 강하면 강할수록 더더욱 그랬다. 그러니 다르단이나 트리샤, 트레나 쌍둥이가 얼마나 희귀한 존재들인지 알 수 있었다.

"그럼 너희는 뭐야?"

루슬란은 또 이해가 되지 않는다는 듯 고개를 갸우뚱거렸다. 쌍둥이들을 잡을 정도면 뱀파이어 소년들도 엄청난 존재들이 아닌가.

"처음에는 인간이었다며."

트리샤의 기억을 뒤져보았지만, 그녀 역시 이 소년들이 어떻게 뱀파이어가 되었는지 자세히 알지는 못했다. 그냥 마주했더니 그렇게 되어 있었더라, 하고 끝난 거다.

"트리샤."

가만히 듣고 있던 시온이 그녀를 불렀다. 그녀가 멍하니 시온을 바라보았다.

"우리가 왜 뱀파이어가 된 거지?"

"정확히는 모른다."

"추측하는 바는?"

"……공주의 피를 수혈받아서."

"피를 수혈하는 게 그렇게 강력한 건가?"

가만히 듣던 칸은 이해할 수 없다는 듯 중얼거리며 배낭을 둘러맸다. 이젠 슬슬 움직일 시간이다.

"모르지. 다르단의 머릿속도 한번 알아보는 수밖에."

그러기 위해서 소년들은 길을 떠났다.

히버널 성은 멀리서 보면 폐허나 다름없었다. 주변에 사는 사람들도 없었고, 지나가는 사람들도 없었다. 히버널 시에서는 이곳을 버려진 고대 유적쯤으로 여기는 모양이었다.

오토널 시에서 히버널 시로 가는 길목에서 슬쩍 빠지면, 길은 곧장 히버널 외곽 성으로 연결된다. 뱀파이어들이 곳곳을 지키고 있었지만 트리샤가 탄 시커먼 차들은 언제나 무조건 통과였다.

수하는 괜히 몸을 들썩거렸다. 이렇게 편안하고 좋은 차를 타고 적진으로 들어가다니, 위장이란 건 알지만 기분이 영 이상했다. 불편하게 이동하고 사람들의 눈을 피하는 게 기본이 아니었나?

늑대인간 소년들이 전부 잡힌 포로로 위장하고 뱀파이어 소년들은 운전사와 정규부대원으로 위장했다. 시온에게 완전히 정신이 묶여버리다시피 한 트리샤는 넋이 반쯤 나간 채 뒷자리에 앉아 있었다.

'다르단의 약점이 뭐지?'

수하는 꿈을 더듬어 생각해보았지만 뾰족하게 생각나는 게 없었다.

그는 언제나 자신이 가져선 안 되는 힘을 갈망했다. 해선 안 될 짓을 저질러서라도 어떻게든 그 힘을 가지려고 했다. 결국 그의 눈은 바르그의 피를 마셔 위대한 여왕이라 불려도 손색이 없을 만큼 정점에 오른 공주에게로 향했다.

아니, 그는 공주가 피를 마시기 전부터 그녀를 보고 있었다. 음습하고 질척대지만, 나름으로는 연정이라고 이름 붙인 감정이다. 하지만 수하는 그게 후계자를 향한 욕망인지, 아니면 공주 그 자체를 향한 마음인지 알 수가 없었다. 아마 다르단이 끔찍해서 더 그러겠지.

그는 아마 공주를 놓쳤던 모양이다. 그러니 늑대신의 피 대신 늑대인간의 피라도 연구하려고 늑대인간들을 모조리 잡아들이는 미친 짓을 벌였지. 수하는 지금 그런 미친놈과 다시 대면하러 가고 있었다.

그때 사방이 어두워지더니 터널 입구에서 차가 잠시 섰다.

"트리샤 님."

차를 멈춰 세운 뱀파이어가 어둠 속에서 깍듯하게 고개를 숙였다. 이런 때를 대비해 미리 시온은 다 손을 따로 써 놨다. 트리샤가 아주 자연스럽게 물었다.

"수고가 많군. 별일 없나?"

"예."

"태조께서는?"

"안에 계십니다."

"알겠네."

"살펴 가십시오."

차창이 다시 올라가고, 뱀파이어는 다시 한번 고개를 숙였다.

긴 차량 행렬이 계속해서 이어졌다. 아무래도 트리샤 님이 젊고 싱싱한 늑대인간들을 잡아서 태조께 바치려나 보다. 태조께서 실험을 하신 후에 남는 피라도 좀 떨어져서 맛이라도 볼 수 있었으면 참 좋겠는데. 뱀파이어는 입맛을 다시며 더 어둠 속으로 들어갔다.

"휴우……."

수하가 안도의 한숨을 쉬자 헬리는 픽 웃으며 그녀의 손을 꼭 잡았다. 그라고 긴장이 안 되는 게 아니겠지만, 수하 앞에서는 그런 티를 내지 않는 게 고마웠다.

꿈을 돌이켜보면 그는 늘 감정을 완벽하게 숨기는 데 능했다. 다른 사람들의 생각과 감정을 읽어낼 수 있어서 더 그런 걸까? 그래서 더 참고 있었던 건지도 모른다. 그게 괜히 미안했다.

"들어가는 건 문제 없을 거야. 너무 걱정하지 마."

지금도 부드러운 말로 그녀를 달래면서도 다른 한 손으로는 아래로 내려둔 검을 꽉 붙잡고 있다.

하긴, 소년들은 다 긴장했을 거다. 아무런 무기 없이 한 번도 이겨보지 못한 적을 대면하러 가는 기분이었다.

수하가 이곳에서 사라지고 뱀파이어 소년들이 보육원으로 간 사이 성을 차지해버린 다르단을, 과연 이길 수 있을까?

'쓸데없는 생각이지.'

소년들과 수하는 그 불안함을 무시해버렸다. 그럴 수밖에 없었다. 다르단을 막지 않으면 그들이 죽는다는 걸 여태까지 계속해서 겪어왔으니까.

칸은 차라리 편하다고 생각했다. 끝이 다가오고 있었다. 나쁘지 않았다.

넓은 길을 따라간 차는 트리샤의 기억대로 거대한 성 안으로 들어가서 정문 앞에서 멈춰 섰다. 이젠 결국 차에서 내려야 할 순간이 왔다. 차 네 대에 나누어 탄 소년들은 서로를 눈짓하다가 결국 마른침을 삼키며 작전대로 움직였다.

*다들 잘 기억해. 최대한 깊숙한 곳까지 침투한 뒤 다르단과 마
주하는 거야.*

헬리가 다시 한번 주의를 환기했다.

'최대한 자연스럽게 뱀파이어 정예부대인 것처럼 위장하고
트리샤를 앞세워서 다르단을 보자마자 전부 다 같이 그놈만
공격. 그놈만 공격.'

트리샤와 함께 타고 있던 시온은 여러 번 속으로 중얼거리
면서 차에서 먼저 내렸다. 대기하고 있던 뱀파이어 하나가 또
서둘러 다가오더니, 직접 트리샤가 내릴 차 문을 열어주며 깍
듯하게 인사하며 말했다.

"어서 오십시오, 트리샤 님. 태조께서는 여전히 실험실에 계
십니다."

트리샤는 조용히 말했다.

"늑대인간들을 잡아 왔다."

"예. 안으로 드십시오."

정문을 지키는 뱀파이어들도 있지만, 어쩔 수 없다. 그들이
뱀파이어 소년들을 트리샤가 데리고 다니는 외부 뱀파이어들

이라고 속아주길 바라야 했다.

"가지."

트리샤가 싸늘한 목소리로 말하며 먼저 걷기 시작했다. 그리고 구속구를 찬 늑대인간 소년들이 정규 부대원 복장을 한 뱀파이어 소년들에게 끌려가기 시작했다.

늑대인간 소년들은 익숙한 걸 예상했다. 낄낄거리고 걷어차는 뱀파이어들의 업신여기는 눈길, 비웃는 소리 등을 예상했다.

하지만 이 차가운 성에는 죽음과도 같은 침묵만이 감돌았다. 그 누구도 그런 짓은 하지 못했다.

늑대인간들은 모두 태조의 소중한 실험체. 감히 한낱 뱀파이어 따위가 거기에 손을 대거나 눈길소차 줄 수 없다.

어딘가 모르게 뻣뻣한 트리샤가 위장한 뱀파이어 소년들과 수하, 그리고 늑대인간들을 끌고 가도 아무도 관심조차 가지지 않고 멀찍하게 떨어져 있었다.

다만 어떤 뱀파이어가 먼저 와서 공손히 말했을 뿐이다.

"미리 알리겠습니다."

시온은 잠시 트리샤를 살폈다. 헬리 역시 살핀 뒤 고개를 살짝 끄덕였다.

"그렇게 해라."

트리샤의 머릿속에서는 가끔 있던 일이다. 특히 이번에 에스티발 시 물류창고를 쑥대밭으로 만든 늑대인간들을 어떻게든 잡아 와야 했기 때문에 당연히 다르단에게 미리 알리는 게 옳았다. 그러니 헬리도 고개를 끄덕인 것이다.

무턱대고 리버필드 시에 쳐들어왔던 드리프터들을 상대할 때나 에스티발 시 물류창고를 습격할 때와는 전혀 달랐다.

뱀파이어 소년들은 이능력을 더 능숙하게 사용하면서 대범하게 안으로, 더 안으로 들어갔다.

곧. 이제 곧이다.

다들 준비해.

헬리가 나지막하게 중얼거렸다.

이제 곧 다르단의 실험실, 트레나와 트리샤가 몹시 두려워하는 그 시커멓고 끔찍한 곳으로 들어가는 순간, 최후의 전투가 벌어질 거다. 그들은 긴장한 티를 내지 않으려 노력하며 걸어갔다.

뱀파이어 소년들은 정규 뱀파이어 부대에게서 빼앗은 무기와 차림을 하고 적당히 위장했다. 코까지 완전히 가려버리는 복면이 있었기 때문이다. 저벅저벅 걷는 걸음걸이마저 신경 써야 했다.

그들은 무기를 아래로 늘어뜨리고 늘대인간 소년들을 끌고 갔다.

좀 제대로 당겨. 들키지 않겠어?

사실, 말이야 끌고 가는 거지 뱀파이어 소년들은 이젠 전우이자 친구가 된 늘대인간 소년들과 함께 걷는 거나 다름없었다. 늘대인간 소년들을 포박한 구속구도 그들이 조금만 힘을 주면 금방 뚝뚝 끊어질 정도로 약한 것들이다.

그래서 마한이 보다못해 투덜거리며 헬리에게 말했다.

아무도 우리를 보고 있지 않아. 괜찮아.

헬리는 주변 뱀파이어들의 생각을 일일이 확인하며 중얼거렸다.

어차피 기회는 단 한 번뿐이다. 익숙하지 않은 곳에서는 매

복도 불가능하고, 적진의 한가운데에서는 희생을 감수하고 적의 머리부터 잘라내야 했다.

이미 소년들은 희생할 각오까지 하고 왔다.

☾

"늑대인간들이?"

"예. 정확히는 10대 후반의 건장한 늑대인간 일곱입니다."

다르단은 고개를 들고 보고하는 뱀파이어를 쳐다보았다.

"일곱씩이나?"

"예."

"물러가라."

뱀파이어는 아주 공손히 뒤로 물러나 사라졌다.

일곱이라. 이쪽으로 오고 있다고?

다르단은 사방에 튄 피들을 바라보았다. 마침 얼마 남아 있지 않던 실험체들이 영 마음에 안 들던 참이었다.

계속해서 바르그의 피에 필적하는 뭔가를 만들어보려고 해도 마음에 드는 결과는커녕, 그 근처에도 못 가는 한심한 결과들이 나왔다. 결국 실험실 전체를 피칠갑을 한 채 손을 놓고 있던 중이다.

헤아릴 수 없는 세월 내내 그는 이래왔다. 게다가 에스티발시 물류창고 화재사건 이후 늑대인간 수급이 형편없어지면서 다음 실험체가 시급했다.

'……한번 가볼까?'

그는 손을 털어내고 뚜벅뚜벅 걸음을 옮겼다. 웬만해선 움직이지 않는 그가 모처럼 직접 움직이기 시작했다.

시끄러운 게 귀찮고 피 냄새에 환장한 뱀파이어들이 달려드는 것도 귀찮아서 사람을 모조리 물린 실험실 앞은 아주 조용했다.

다르단은 한가하게 피범벅이 된 옷차림으로 걸어갔다. 아무리 뱀파이어들이 피에 대한 길밍이 킹하다 해도 피 냄새를 풀풀 풍기고 지나가는 그에게 달려들 만큼 어리석지는 않았다.

때문에 그는 그런 끔찍한 옷차림을 하고도 성 안을 활보했다. 수려한 얼굴에는 표정이 없었고 피투성이 옷차림은 오히려 기괴해 보였다.

10대 소년들이라. 아주 구미가 당긴다. 여태 아주 약한 개체만 왔는데, 어떻게 실한 놈들을 잡아 온 걸까? 확실히 트리샤의 일 처리 솜씨가 다르다. 깔끔하고 군더더기가 없었다.

'트레나가 뱀파이어 부대를 끌고 갔는데, 트리샤까지 나선 걸 보면 아무래도 트레나가 사고를 친 모양이지?'

정규 부대원들이었는데, 설마 그 인원들이 다 날아간 건 아닐 테고. 또 그래선 안 되기도 했다.

다르단은 어쨌거나 트리샤가 일을 제대로 마무리 지은 게 확실하다고 생각하며 넓은 복도를 걸어갔다.

사실 오토널 시청 지하에 있는 신전은 이 히버널 성을 여러 모로 본 따 지은 곳이었다. 커다란 기둥이 높이 솟아오른 천장을 떠받치고 있었다. 누구든 이곳에 오면 경외심이 들기 마련이었다.

여왕이 다스리던 나라는 실로 찬란했다. 이젠 여왕은 다르단의 손에 죽은 지 오래고, 정당한 후계자 또한 성에 없지만.

'공주가 없지.'

그렇다. 그는 그 사실을 떠올릴 때마다 속이 뒤틀리는 통증을 느꼈다.

어떻게든 곁에 붙들어 두고 싶은데 번번이 손가락 사이로 모래가 흘러내리듯 빠져나갔던 여자는 지금도 행방이 묘연하다. 다시 붙잡는다면 절대로 도망치게 두지 않을 것이다.

다르단은 복도를 가로질러 그 끝의 문을 자기 손으로 열었다. 마침 저 넓은 홀 너머로 다가오는 트리샤가 보였다.

'늑대인간 일곱……'

그 정도야 바로 느낄 수 있었다. 문득 다르단은 모자를 푹 눌러쓰고 온몸을 시커멓게 가린 정규 부대원들을 바라보았다.

쿵.

"아."

다르단은 입을 벌려 기분 좋은 신음을 내뱉었다.

피. 내내 그 붉은 것에 미쳐 살았던 이는 제가 가장 처음 가졌던 피를 기억했다. 그 기억에 집착해서 여기까지 왔다 해도 과언이 아니었다.

공주에게만 주어졌던 바르그의 피, 공주가 마셨고, 그도 제 몸에 수혈한 바르그의 피가 그를 불렀다.

같은 피를 가졌다는 건 역시나 이 시커먼 어둠 속에서도 곧장 서로를 알아보게 하는 모양이다. 이렇게 기쁠 수가 있나.

다르단은 눈을 번뜩이며 입꼬리를 싸늘하게 올렸다. 그리고 그다음 순간, 일정하게 걸어오던 트리샤 일행의 대열이 흐트러졌다.

"트리샤, 일을 아주 제대로 했군."

"예?"

'원래 하던 대로 행동할 것'이라는 시온의 명령을 착실하게 이행하고 있던 트리샤는 무슨 말인지 이해하지 못해 반문했다.

지금!

아낄 시간조차 없다. 이미 대열을 흩으며 준비하고 있던 소년들이 다르단을 공격하려 달려들었다.

하지만 마치 물이 흘러내리듯 다르단은 매끄럽게 움직였다. 갑자기 빠른 속도로, 칸마저 눈치채지 못할 만큼 빠른 속도로 순식간에 일행 사이에 끼어든 피투성이 남자는 가운데 있던 수하를 움켜쥐었다.

그녀에게 다르단이 바짝 접근하는 순간, 급히 일어났던 어둠을 비롯해 모든 소년이 주춤거렸다. 공격하면 안 된다. 수하가 다친다. 우리가 다쳐도 쟤는 안 된다. 모두의 머릿속에 빨간 불이 켜졌다. 동시에 소년들은 수하를 믿었다. 그녀가 반격할 것이다. 분명히.

"수고했고, 나머지는 다 죽여."

하지만 말이 더 빨랐다. 수하가 반격할 새도 없이, 다르단은 그대로 수하를 움켜쥔 채 사라졌다. 허공에서 증발해버렸다.

"무슨……!"

수하야!

헬리가 뒤늦게 수하를 불렀지만, 홀 한가운데에서 사라진 그 이름의 주인은 대답하지 않았다.

제73화

달의 제단
part 2

처음에 수하가 했던 생각은 '뭐지?'가 아니었다. 의문을 표하기엔 겪은 게 너무 많았다.

그리고 그녀는 자신이 납치당했다는 사실을 바로 알아차리지 못할 만큼 둔한 편도 아니었다.

계속되는 전투는 수하를 비롯한 소년들에게 훌륭한 반사신경과 감지능력을 기르도록 했는데, 수하는 붙잡히자마자 몸을 안개로 바꿨다.

바꿨으나 빠져나가지 못했다. 다르단은 안개인 그녀를 놓치지 않았다. 의외로 아프게 붙잡지는 않았지만, 떨쳐낼 수 있는 힘이 아니었다.

오히려 그는 왜 그러는지 모르겠다는 표정으로 수하를 들여다보았다.

"내가 붙잡을 수 있다는 걸 알지 않습니까?"

존댓말에 수하는 놀라 흠칫거렸다. 아주 묵직하고, 심지어 부드럽기까지 한 목소리였다.

'이 사람, 뭐지?'

여태까지 안개가 되었던 수하를 붙잡는 데 성공한 사람은 딱 둘이었다. 헬리와 칸, 각각 소년들의 리더들이고 특별한 재능을 갖춘 소년들이다.

그런데 하나가 더 늘었다. 20대 극 후반으로 보이는 젊은 외모는 어디 빠지는 데가 없이 수려했다. 그래서 언뜻 보면, 나중에 헬리가 나이를 먹으면 저런 모습이지 않을까 하는 생각을 할 수도 있었다.

'아냐, 달라.'

하지만 헬리에겐 저렇게 본능적으로 거부감이 일 정도의 숨막히는 기운이 없었다.

"기억이 없습니까?"

다르단은 수하를 보면서 동시에 그녀를 보고 있지 않았다. 올곧게 똑바로 수하를 바라보는 헬리와 비교하는 게 미안할 지경이었다.

"아, 기억이 없군요."

그는 더더욱 즐겁고 행복해 보였다.

이유는 모르겠지만 알 게 뭔가. 다시 한번 수하가 반격을 시도했다. 안개화가 안 된다면, 그다음은 물리력이다.

그녀는 다르단을 걷어찼다. 그는 아주 매끄럽게 그녀의 공격을 막았다.

예상했던 바다. 수하는 그 공격이 먹힐 거라고 기대도 하지 않았다. 적을 상대하다 보면 되는 것과 안 되는 것에 대한 구분이 본능적으로 생긴다.

수하가 기대한 건 다르단이 그 공격을 물 흐르듯 막느라 잠시 생긴 틈이었다.

"많이 서툴러지셨군요. 아주 오래도록 공주님을 기다려왔지만 이런 일은 생각하지도 못했는데."

그는 중얼거리다가 멈칫거렸다. 그러곤 불쾌감과 의문이 잔뜩 떠도는 수하의 눈을 바라보았다.

수하는 이제야 그가 자신을 제대로 보고 있다는 느낌이 들었다. 하지만 짜증 나고 역겹기는 매한가지였다.

"서툴러……?"

그럴 리가.

다르단은 고개를 모로 삐딱하게 기울였다. 그리고 그때였다.

쾅!

소년 중 가장 빠른 자카가 그들을 따라잡아 다르단이 수하를 꽉 잡고 있는 손부터 공격하기 시작했다. 어마어마한 속도로 달려든 자카는 꿈쩍도 않는 다르단의 손을 보고 이를 악물었다.

"나는 신경 쓰지 마!"

수하가 소리를 질렀다. 다르단에게 붙잡힌 그녀의 손이 충격에 똑같이 부서진다 해도 일단 인질로 잡히지 않는 게 중요했다. 그러니 자카가 그녀를 고려하며 공격을 일부러 약하게 하는 건 결코 안 될 일이었다. 있을 수 없는 일이다.

다르단은 한숨을 쉬었다.

"이건 전혀 달라지지 않았군요. 희생을 마다 않는 지배자라니, 있을 수 없는 일이라고 말하지 않았습니까."

그는 다른 한 손만으로 순식간에 자카를 멀리 밀쳐냈다.

"그러니 공주님은 지배는 관두도록 하세요."

쿵, 하고 자카가 날아가 벽에 부딪히는 소리에 수하는 소리를 지르지도 못하고 눈을 크게 떴다. 다치면 안 되는데, 절대 다치면 안 되는 친구가 다쳤겠다. 어쩌지?

"지나치게 많은 것에 마음을 쓰는 것도 안 될 일입니다."

중얼거리던 다르단과 수하의 눈이 마주쳤다. 그는 그녀를 집어삼킬 듯 바라보며 그대로 더 빠른 속도로 복도를 가로질렀다. 사람 눈에는 보이지도 않는 속도였다.

그의 걸음이 멈추는 순간, 수하의 등 뒤로 문이 쿵, 하고 닫혔다. 그건 마치 지옥문이 닫히는 소리 같았다.

너무나 빠른 속도에 정신을 차리지 못한 수하는 이를 악물었다. 어지러워도, 토할 것 같아도 참아야 했다. 짐이 되지 말아야 한다.

그녀는 억지로 눈을 들었다. 그러곤 무심코 주변을 둘러보다 그만 경악하고 말았다.

피비린내가 진동하고, 온통 피투성이다. 거대한 방인지 홀인지 모를 징도로 굉활한 그곳에는 끔찍한 도구들이 널려 있었고, 늑대인간들의 털이 여기저기 흩어져 피에 잔뜩 젖어 있었다.

"약한 이들을 번번이 그리 돌보는 것도 번거롭고 귀찮지 않습니까?"

수하의 얼굴이 점점 일그러지기 시작했다.

인간에서 늑대로 변화하는 도중에 잘라낸 팔이며 다리가 박제되어 마치 전시라도 하듯 구석구석에 걸려 있었다. 끔찍하고 징그러운 곳이었다. 에스티발 시 물류창고도 이보다는 인도적이었다.

오토널에서부터 징그럽게 싫다는 느낌이 들더니 어쩐지. 이렇게 섬뜩한 고문실이 그녀를 기다리고 있었던 거다.

수하는 그만 고개를 숙이고 구토하기 시작했다. 괴로워하며 눈물까지 쏟아낼 정도로 심하게 구토하는 그녀를 보며 다르단은 한숨을 쉬었다.

"공주님을 모시기엔 변변찮은 곳이긴 합니다. 급작스러워 준비가 미비합니다. 잠시 참아주세요."

중얼거리던 그는 수하의 손을 내려놓았다.

수하는 그 와중에도 급하게 뒤로 물러나다가 또다시 고개를 숙였다. 이게 공주의 감정인지, 그녀의 감정인지는 잘 모르겠지만 다르단이 징그럽게 싫은 거 하나는 확실했다.

수하는 몸을 비틀면서도 어떻게든 정신을 차리고 그에게서 벗어나려고 애썼다.

"이 일을 어찌하나. 일단 기억부터 되돌리는 게 좋겠군요."

수하는 대답할 수가 없었다. 구토하는 와중에 다르단이 기어이 다가가 그녀의 등을 두드려주었다. 저리 가라고 하고 싶었지만, 그는 그녀에게서 결코 떨어지지 않았다.

"기습이다!"

시끄러운 뱀파이어들의 목소리가 귀를 후벼 판다. 솔론은 외치던 놈의 목덜미를 물어 뜯어버렸다.

언제나 바르고 정직하고 예의 바른 태도를 강조했던 원장선생님 덕분에 소년들은 제법 바른 생활을 해왔다. 하지만 이런 때는, 아니, 이런 일이 계속해서 거듭 발생하는 때는 정말 쓰지도 않던 욕이 저절로 나왔다. 정말이지 이게 도대체 무슨 경우란 말인가.

"수하야!"

헬리는 눈이 돌아서 날뛰고 있었고, 히버널 성의 뱀파이어들은 에스티발 시나 프린태니어에서 겪었던 트레나의 수하들과는 격이 달랐다.

곧장 그들이 서 있던 홀 주변 통로가 온통 차단되기 시작했다.

"자카!"

맙소사. 자카가 따라갔나 보다. 그럼 통로가 차단될 테니 자카 혼자 수하를 따라가는 것일 텐데, 도와줄 수 있는 사람이 아무도 없었다!

솔론이 헬리에게 물었다.

"어느 쪽?"

"1시 방향!"

"내가 갈게."

솔론이 내려가기 시작하는 차단벽 아래로 질주하여 홀을 빠져나갔다. 이대로 완전히 포위당해 퍼부어지는 개조 탄환에 잠자코 당할 수만은 없었다.

엔지는 냉정하게 매고 왔던 총을 꺼내 방아쇠를 당기기 시작했다. 그의 총구는 아직 덜 닫힌 차단벽 아래, 저쪽에서 달려오고 있는 정규 뱀파이어 부대원들의 발목을 향했다.

"윽!"

짧은 신음과 함께 몰려오던 부대원들의 대열이 크게 흐트러졌다. 방화벽이 그대로 닫혔다.

엔지는 표정 없이 총구를 내리곤 주변을 둘러보았다.

"아, 다 물러나!"

이안이 목을 뚝뚝 꺾더니 방화벽을 노려보기 시작했다. 포위는 결코 안 된다. 어떻게든 퇴로를 뚫어야 했다. 그는 방화벽을 부숴버릴 생각이었다.

지노가 재빨리 그의 곁에 섰다. 헬리는 수하가 지금 어디 있는지 찾아내느라 살벌하게 집중하고 있었고, 시온은 트리샤를 붙잡고 물었다.

"자, 지금 상황에서 우리가 빠져나갈 수 있는 곳이 있나?"

트리샤가 곧장 대답했다.

"3시 방향 방화벽이 약하다."

대답이 떨어지자마자 이안은 3시 방향 방화벽으로 달려들었다.

"수하가 어디로 끌려간 거지?"

트리샤는 잠시 고개를 갸우뚱거렸다.

"……아마 실험실?"

"실험실은 어디야?"

"1시 방향 방화벽 너머."

아, 그래. 그건 솔론과 자카가 따라갔다.

"3시 방향 방화벽을 뚫으면 실험실로 갈 길이 있어?"

트리샤는 잠시 생각했다. 쾅, 쾅, 이안이 방화벽을 부수는 소리가 시끄럽게 들렸다. 벽은 너무나 두꺼웠지만, 분노에 찬 그를 막을 수 있는 건 아무것도 없었다.

그때 헬리가 고개를 퍼뜩 들었다.

"7시, 9시 쪽에서 몰려오고 있는데. 저쪽 방화벽을 열고 공격할 생각이야. 중무장했어. 무기는……."

헬리는 잠시 방화벽 너머로 모이고 있는 뱀파이어들의 생각을 읽는 데 집중했다. 물론 의식의 다른 부분은 여전히 수하를 애타게 부르고 있었다.

수하야, 어디 있어? 내 말이 들리면 대답해. 수하야!

"무기는 이미 우리와 같은 걸 들고 있어. 새로운 건 없네."

평소보다 더 창백해진 그는 씹어 뱉듯이 말한 뒤 다시 수하를 찾는 데 집중하기 시작했다. 애가 바짝바짝 탔다.

자카, 내 말 들려?

이쪽도 대답이 없다.

"대답이 없어?"

칸이 물어오자 헬리는 조용히 고개만 저었다. 지그시 입술을 깨문 칸은 다음 상황을 생각하기 시작했다.

"형, 3시 방향으로 뚫고 가서 돌아가는 방법은 없대."

결국 수하가 끌려간 방향, 아마 자카가 따라간 1시 방향을 뚫어야 하는 모양이다.

지노가 그 말을 듣자마자 1시 방향 방화벽을 뜨겁게 달궜다가 다시 차갑게 얼리기 시작했다. 온도 차이를 이용해서 균열을 유도하는 방식이었다.

"일단 3시 방향은 계속 다 뚫어, 이안! 우리한테 퇴로가 필요하니까! 그리고 지노, 계속해! 거긴 분명히 뚫어야 해."

"걱정 마."

"공격 시작된다, 준비해!"

헬리가 날카롭게 말했다.

어둑한 홀 안에 어둠 그 자체가 일렁이기 시작했다. 그 가운데에서 보호받은 시온은 트리샤라는 애매한 짐덩이까지 달고 있었다.

매료가 풀렸다간 당장 그들을 공격할 테지만, 그렇다고 없애자니 이 히버널 성 안에서는 더할 나위 없이 유용하게 이용할 수 있는 존재다. 그래서 그는 이 와중에도 트리샤에게서 캐낼 수 있는 모든 걸 다 캐내고 있었다.

"지금 몰려오는 놈들은 우리가 마주했던 트레나의 군대와 똑같아?"

"똑같다."

"좋아. 그럼 삼백 명이 채 안 된다고 했지."

"고위 뱀파이어는 아주 희귀하고 드물다."

"알아, 안다고. 너 그 말이 벌써 몇 번째인지 알아?"

"모른다."

"아오!"

그리고 쾅, 하고 두 방향에서 방화벽이 아주 빠르게 올라가고, 탄환이 빗발치기 시작했다.

🌙

"자카!"

솔론은 빠르게 복도를 훑으며 달려가다 벽에 부딪혀 쓰러진 자카를 발견하곤 얼른 일으켜 세웠다.

"괜찮아? 다쳤어?"

"어깨 빠진 거 같아, 좀 맞춰봐……."

"어디, 왼쪽? 참아."

우득, 하고 뼈를 맞추고 부러진 곳은 없는지 확인하는 솔론의 손은 아주 단호하고 빨랐다. 이를 악문 자카는 겨우 숨을 토해냈다.

"장난 아니야. 그놈 미쳤어."

"언젠 제정신이었냐? 일어나. 싸울 수 있겠어?"

"싸울 거야. 죽어도 다시 살아나서 싸울 거야. 수하는 저 끝으로 끌려갔어."

아주 넓고 긴 복도 끝에 꽉 닫힌 거대한 문이 보였다. 오토널 시청 지하 신전 문만큼이나 거대한 문이었다.

"형만 왔어?"

"나도 간신히 온 거야. 방화벽이 싹 닫혀서 홀에 완전히 포위됐어."

쿵, 쿵, 쿵, 요란한 소리가 홀 쪽에서 늘렸다. 이안이 아마 방화벽을 때려 부수기 시작했나 보다.

그래. 막혔으면 뚫어야지. 단순한 논리에 자카는 고개를 끄덕이며 다시 가던 길을 가기 시작했다.

"저쪽은 알아서 할 거야. 우리는 무조건 수하부터 구출해야 해."

하지만 그게 가능할까?

자카와 솔론은 머리를 아주 맹렬히 굴리기 시작했다.

어떻게 저 문을 열지? 저 안에 수하가 있는 건 확실하나? 다르단은 어떻게 하지?

그러다가 문득 두 사람은 얼굴을 굳혔다.

본디 기사란 지켜야 할 사람을 위해 기꺼이 목숨을 내놓아야 하는 법이다.

두 사람이 희생하면 어떻게든 되지 않을까? 그다음은 남은 사람들에게 맡기면 된다. 분명히 다른 형제들도 같은 생각일 거다. 단지, 그들은 자신의 희생은 아무렇지도 않아 하면서 서로의 희생에는 불같이 화를 낼 뿐이었다.

"……문, 열 수 있겠어?"

솔론의 물음에 자카는 소지하고 있던 폭탄을 꺼냈다. 엔지가 아주 좋은 걸 가르쳐줬다.

"해봐야지."

문 가까이 온 자카는 솔론과 눈을 마주친 뒤 폭탄을 던졌다. 그게 제발 저 단단하고 거대한 문을 열어주길 기대했다.

하지만 폭탄은 그때 갑자기 열린 문 안으로 휙 들어가고 말았다.

"어?"

수하의 양팔을 억지로 붙잡아 감싼 다르단은 두 사람을 성가시다는 듯 본 뒤 싹 무시하고 앞으로 튀어 나갔다.

　그의 등 뒤에서 펑, 하고 폭탄이 요란한 소리를 내며 터졌다.

　다르단의 실험실을 순식간에 날려버린 자카는 확인도 못 하고 곧장 다르단을 다시 뒤쫓기 시작했다.

제 74화

달의 제단
part 3

"이럴 수도 있다고 생각은 했지만 대부분의 기억이 없군요. 이 정도로 없을 줄은 몰랐습니다."

다르단은 혼자 중얼거리며 고개를 끄덕였다. 그를 마주한 수하는 지금이야말로 가장 커다란 용기가 필요한 때라고 느꼈다.

"이것도 좋긴 하지만 일단은 되찾도록 합시다. 추후에 정말 괴롭다면 다시 기억을 지우면 될 일이니."

저 부드러운 말투는 그녀 앞에서만 튀어나오는 위장에 불과했다. 저 사람의 말투는 성격과 정반대다. 예의마저 그녀에게만 한정된 것임이 분명했다. 저 뒤에 끔찍하게 널려 있는 시신들을 보라. 수하는 본능적으로 다 알았다.

다르단은 간신히 구토를 멈춘 수하에게 물을 건네 입을 헹구게 하더니, 그녀를 그대로 번쩍 들어서 어디론가 다시 가기 시작했다. 어처구니없을 정도로 너무 강한 힘인 데다가 수하가 수차례 시도한 공격은 죄다 무위로 돌아갔다.

"다칠 테니 관두는 게 어떻습니까."

짜증 나게도 이번에는 다르단의 말이 맞았다. 어차피 안 된다면, 힘을 낭비하지 않고 일단은 아끼면서 기회를 엿보는 게 나았다.

그때 마침 문 앞에 다다른 다르단이 실험실 문을 활짝 열었다.

머리 위로 뭔가가 휙 넘어갔다. 수하는 재빨리 앞을 바라보았다.

'자카……랑, 솔론!'

간신히 확인한 친구들은 아주 적대적인 얼굴로 다르단과 마주하고 있었지만 그는 아주 가볍게 두 뱀파이어 소년 사이를 휙 빠져나갔다. 그러면서도 자카와 솔론을 훑어보는 걸 잊지 않았다.

"저놈에게 속도를 나눠준 거군요. 완벽한 공주님은 참 아름다웠는데 말입니다."

"뭐? 무슨……."

"뭐, 지금도 아름다우니 상관없습니다만."

다르단은 고개를 내저었다. 그는 다시 홀로 가는 게 아니라, 드넓은 복도에서 오른편으로 빠졌다. 뜻밖에도 거대한 기둥 사이에 숨은 샛길이 있었다.

너무 빠른 속도라 정신이 없었지만 수하는 이번에는 정신을 똑바로 차리고 모든 걸 다 보려고 노력했다. 그리고 계속 다르단의 말을 곱씹었다.

'자카한테 속도를 나눠줬다고? 아니, 근데 저 제멋대로 정의하는 말투는 또 뭐야, 기분 나빠.'

눈으로 봐두고 생각이라도 해야 나중을 기약할 수 있다. 게다가 뒤에서는 다르단에게 아슬아슬하게 미치지 못하는 속도지만 자카가 쫓아오고 있었다.

"하지만 저들의 분수에는 넘치는 힘입니다. 나눠준 힘은 제대로 사용되지도 못하고 있지 않습니까?"

그게 꼭 자카를 두고 말하는 것 같아 수하가 미간을 찌푸렸다.

'나눠준 힘'이라고? 꼭 다르단이 말하는 건 공주가 뱀파이어 소년들에게 힘을 나눠줬지만, 소년들이 완전하게 사용하지 못하고 있다는 소리처럼 들렸다.

다르단은 더욱더 속력을 높였다. 도대체 어디로 가는 걸까?

"힘이란 좀 더 자격을 제대로 갖추고, 경험이 풍부하며, 제대로 다룰 줄 아는 사람이 가져야 합니다."

마치 그러지 않아 분한 듯, 낮은 목소리에는 진득한 화가 스며 있었다. 하지만 그게 수하에게 향한 건 아니었다. 그게 더 이상하게 느껴졌다. 다르단은 잠시 말을 멈추고 성 안 더 깊숙한 곳으로 가기 위해 바깥으로 나갔다.

아. 제대로 관리되지 않은 폐허 위에 꿈속 장면이 겹쳤다.

울창해야 할 나무들은 전부 사라졌고, 아름답던 조각상은 깨져서 그 위로 지저분한 잡목과 흙, 그리고 눈이 뒤덮였다.

하지만 수하는 바로 알아볼 수 있었다. 여긴 신전으로, 공주가 피를 마시기 위해 걸어갔던 길이다.

헬리!

그녀는 속으로 악을 쓰며 이미 여러 번 불렀으나 응답이 없던 헬리를 또다시 불렀다.

"공주님은 언제나 이 말에 동의하지 않으셨지요. 하지만 보십시오. 그 결과가 어떻습니까?"

다르단은 대단히 단정한 어조로 미친 사람처럼 중얼거리며 그 길을 빠르게 가로질렀다.

　내 말 들려? 나 지금 신전으로 끌려가고 있어! 재상이 무슨 짓을 할 것 같은데, 나는 자세히는 모르겠어!

　어떻게든 전해야 했다. 다르단은 자카를 따돌린 지 오래인 것 같고, 어쩌면 이대로 아무것도 못 한 채 모두가 몰살당하는 최악의 상황도 쉽게 올 수 있을 것만 같았다.

　숨 막히는 공포 속에서 수하는 어떻게든 목소리를 쥐어 짜냈다.

　"당신 누군데! 누군데 나한테 이러는 건데! 공주라니, 무슨 소리야!"

　일단 모르쇠 작전이었다. 그렇게라도 다르단을 자극하고 어떻게든 멈추게 해야 했다.

　하지만 솔직히 이런 말이 그를 막을 수 있을 거라곤 기대도 하지 않았던 수하는, 오히려 그가 자리에 우뚝 서자 깜짝 놀라고 말았다.

　"……나는 어떤 식으로든 공주님의 기억에 남길 바랐습니다만."

아니, 지금 그가 멈춰 선 건 뒤따라오는 소년들이 그의 적수조차 되지 못하기 때문이다. 다르단에게서 자연스럽게 보이는 강자의 여유에 소름이 돋을 지경이었다.

"늘 공주님은 나를 실로 비참하게 만드는군요."

비참하다는 이의 눈에는 분노가 일렁였다. 수하는 척추를 타고 기어오르는 싸늘한 공포를 느꼈다.

"왜 나는 기억하지 못하면서, 저 하찮고 공주님의 발목만 늘 붙잡던 놈들은 착실하게 기억하는 겁니까?"

"내, 내가 그걸 어떻게 알아! 너는 지금 처음 봤는데!"

그녀는 발작적으로 소리 질렀다. 이 공포에 지기 싫었다. 절대로 그럴 수 없었다!

"알아보긴 하셨지요."

"프린태니어 시에서 사진으로 봤다, 왜!"

수하는 바락바락 소리를 질렀다. 하지만 다르단은 다시 걸음을 옮기기 시작했다. 안 돼!

"프린태니어? 아, 트레나 말입니까. 공주님에게 그녀가 함부로 하지는 않았습니까?"

어떡하지? 헬리에게서는 답이 없었다. 수하는 점점 더 무서워지기 시작했다.

그 누구든 다르단과 마주하고 있다면 이 정도의 공포를 느낄 거다. 시온에게 매료당했던 트리샤에게도 다르단에 대한 공포는 아주 선명하게 남아 있었다.

어쩌면 내 생각도 읽어서 헬리와의 소통을 차단한 건지도 몰라. 그럼 난 여기서 완전히 혼자인 건가? 어떡하지? 이대로 신전으로 끌려가면 어떻게 되는 거야?

공포가 불러온 불길한 생각들이 공포를 더 키우기 시작했다. 수하는 눈을 질끈 감았다. 어떻게 하긴. 이 악물고 정신 똑바로 차리고 버텨야지.

"공주님?"

표정 관리해, 수하야.

평소보다 훨씬 날이 선 헬리의 목소리가 그때 그녀의 머릿속을 치고 지나갔다. 눈이 번쩍 뜨였지만 수하는 필사적으로 표정 관리부터 했다.

헬리야? 내 말 들려?

어. 이제야 겨우 들리네. 어디 다쳤어?

아니! 괜찮아!

신전으로 끌려가고 있다고?

응, 우리가 꿈에서 본, 공주가 피 마신 그곳!

알았어. 우리는 홀에서 싸우는 중이야. 얼른 빠져나갈게. 다르단과 함께 있는 거지?

어!

네 목소리가 점점 멀어져서 잘 들리지 않아. 하지만 다치지 말고, 무리하지 말고 있어. 꼭 갈게.

꼭 온다고 했다. 수하는 고집스럽게 입을 꾹 다물고 다시 마음을 다잡았다. 가만히 앉아서 기다리지만은 않을 거다.

수하는 연신 주변을 둘러보며 그녀가 할 수 있는 일을 생각했다.

다르단은 아주 빠르게 신전으로 들어갔다. 왕국의 신관들이 지키고, 늘 깨끗하게 관리하던 왕국의 수호신, 늑대 바르그의 신전은 이젠 을씨년스럽고 차가우며 어둡기만 했다.

"여긴……, 여긴 또 어디야!"

물론 수하는 잘 알고 있었지만, 일부러 기겁하며 발버둥을 더 쳤다.

"이곳도 싫으십니까? 조금만 참아주세요. 그래도 본디 모습으로 돌아가는 게 편하실 겁니다."

"거짓말이잖아!"

그녀는 소리를 질렀지만 다르단은 그저 한숨만 쉰 뒤 그녀를 떠메고 더 안으로 들어갔다.

그는 단단하고 날렵한 신체를 지닌 소년들보다 더 굵고 강한 몸을 가지고 있었다. 수하쯤이야 한 손으로도 획획 다루고, 그녀를 어깨에 걸치고도 전혀 힘든 기색이 없었다. 그는 아주 부드럽다 못해 마치 뱀처럼 매끄럽게 움직였다.

"해야 할 일이 아주 많습니다."

이제 수하는 필요할 때를 제외하곤 '이거 놔!'라는 뻔한 소리조차 하지 않기로 했다. 그 또한 쓸데없이 힘을 빼는 일이다.

대신 덜덜 떨면서 주변을 쉴 새 없이 두리번대는, 영락없이 겁에 질린 소녀인 척은 아주 잘했다. 실제로 떨리기도 했다.

다르단은 무엄하게도 바르그를 모시는 신전 가운데, 공주가 피를 마시러 올라갔던 제단 위로 획획 올라갔다. 그러곤 그녀를 제단 한가운데에 가만히 앉혀 놨다.

수하는 재빠르게 빠져나가려고 했지만 그는 곧장 그녀를 붙들고 도로 앉혔다. 이겨낼 수 없는 힘이라 더 서럽고 화가 났다.

"공주님, 제발."

네가 뭔데 그런 식으로 말하냐고 악을 쓰고 싶었다. 말투는 상냥하지만 결국 그는 그녀의 모든 의지와 자유를 전부 무시하고 있었다.

'그러니까 공주가 널 쳐다보지도 않지! 그러니까 차이지! 제대로 공주의 의사를 물어보긴 했냐!'

수하는 터져 나오려는 말들을 꾹꾹 참아 아꼈다.

"내가 해드리겠습니다."

이 또한 모순이다. 그는 공손한 말투를 쓰지만 스스로를 가리키는 말은 낮추지 않는다. 기사들이 '저'라고 말하던 것과는 반대되는 일이었다.

수하의 귀에 그런 게 죄다 거슬렸다. 어쩌면 그녀가 공주의 심정을 알았기에 그런지도 모른다. 아니, 어쩌면 공주와 그녀가 가장 가까운 존재인지도 모른다. 그녀는 어떻게든 뒤로 물러나려고, 일어나려고 했다.

"가만히 계세요."

하지만 다르단이 좀 더 빨랐다. 그의 턱이 움찔거리고, 입안에서 웅얼대는 무슨 말이 흘러나올 때마다 점점 두 손과 발이 새카만 안개인지 기운 같은 것에 묶였다.

그건 수하가 변하는 안개나 노아가 다루는 어둠과는 전혀 다른 것이었다. 끈적거리고 기분 나쁜 기운이 다르단의 손에서 스멀스멀 나오더니, 수하에게로 가까이 왔다.

"읏……!"

닿는 것조차 싫었다. 본능적으로 저것이 얼굴을 감싸면 안 된다는 생각이 들었다.

수하는 크게 심호흡을 하면서 어떻게든 힘을 써보려 노력했다. 힘으로 묶인 손을 풀어내는 건 불가능했다.

안 된다고? 좋아. 그러면 실패했다 해도 다시 해보는 수밖에. 그녀가 안개가 되는 순간, 다르단이 손을 뻗어 그녀를 다시 잡았다.

"떠올리세요. 다시 내게로 돌아오십시오."

수하는 다르단에게서 몸을 빼내려 잔뜩 힘을 주며 버텼다.

시커먼 기운이 점점 더 가까이 왔다. 그것의 목적지는 아마 그녀의 머리인 듯했다.

"도대체 무슨 소리를 하는 건지 전혀 모르겠지만, 그래도 이거 하나는 알겠네."

이마에 진땀이 맺힌 수하는 다르단을 똑바로 쏘아보았다.

"공주는 한 번도 당신을 향한 적 없었어. 그렇지?"

다르단의 까만 동공이 흔들렸다. 수하의 머리를 끝내 시커 멓고 끈적한 기운이 휘감았다.

그녀는 그대로 정신을 잃었다.

바르그의 신전이야!

이미 헬리의 능력으로 수하와 뱀파이어 소년들이 어떤 꿈을 꿨는지 아주 자세하게 보았던 늑대인간 소년들은 그 말만 들어도 무슨 뜻인지 알았다.

"여기서 바르그 신전 방향은 어디지?"

당장 시온이 트리샤에게 방향을 캐묻기 시작했다.

홀 안은 아주 아수라장이 따로 없었다. 프린태니어 시에서 뱀파이어들을 상대할 때와는 달리 지형은 소년들의 편이 아니었다. 그들은 말 그대로 탁 트인 홀에서 출입구 두 개를 통해 자꾸만 쏟아져 들어오는 뱀파이어들과 싸워야 했다.

어차피 각오했던 일이다. 늑대인간 소년들은 총을 쏴대고, 뱀파이어 시신이 나오는 대로 되도록 같은 장소에 던졌다. 뒤에 숨어서 탄환을 피하기 위함이다.

수하가 그쪽에 있대?

칸이 한 번 더 확인했다.

방금 목소리를 들었어. 자카와 솔론이 계속 쫓는 중이고, 신전으로 가고 있다나 봐.
예상은 했지만⋯⋯.

꼭 이렇게 되더라. 칸은 아예 늑대 모습으로 변했다. 거대한 은색 털을 빛내는 늑대가 순식간에 뱀파이어 셋을 앞발로 쳐냈다.

이 넓은 홀에서 가장 커다란 역할을 하고 있는 건 어둠을 자유자재로 움직일 수 있는 노아였다. 그사이에 이능력을 응용하는 실력이 더 늘어난 그는 칸의 거대한 그림자까지도 무기로 활용했다. 시야가 가려진 뱀파이어들이 칸의 그림자에 물어뜯기기 시작했다.

이곳은 오토널 시청과 마찬가지로 감히 늑대인간들이 발도 들이지 못하는 곳인지라 다르단의 실험실을 제외하곤 늑대인간들을 무력하게 하는 향초도 켜지 않았다. 덕분에 늑대인간 소년들은 자유자재로 날아다니다시피 했다.

"뒤로 빠져!"

칸이 외쳤다. 그들의 목적은 여기에서 상대가 전멸할 때까지, 혹은 그들이 전멸할 때까지 싸우는 게 아니다.

그사이, 지노가 뚫고 있던 방화벽에 쩌적, 금이 갔다.

"지노, 피해!"

나자크가 외치며 그 벽을 향해 뱀파이어 하나를 던져버렸다. 지노가 잽싸게 피하고, 방화벽에 부딪힌 뱀파이어는 신음하며 바닥으로 쓰러졌다.

금이 좀 더 깊어지고 커지더니 쩌저적, 갈라지기 시작했다. 이때다 싶었던 늑대인간 소년들이 너 나 할 거 없이 그쪽으로 뱀파이어들을 던졌다.

"야, 조심 좀……!"

기겁을 한 지노가 좀 더 물러났다.

루슬란과 카밀이 연달아 던져댄 뱀파이어들이 마침내 방화벽을 부쉈다. 수하가 끌려갔던 1시 방향이다.

"이쪽으로!"

엔지가 급히 마늘 폭탄을 비롯한 여러 폭탄을 던져댔다.

얘들아, 1시 방향!

헬리 형, 트리샤의 말에 따르면 1시 방향 실험실로 가는 도중에 신전으로 빠져나가는 샛길이 있대!

시온이 트리샤를 데리고 후퇴하며 말했다.

그럼 실험실이 아니라 그쪽 샛길로 빠져! 어차피 우리는 신전으로 가야 하니, 시온 네가 앞장서!

촤악, 하고 헬리의 검이 빛을 뿌렸다.

져 검을 기어하고 있는 옛 뱀파이어 잔당들은 검을 상대하는 것만은 피하고 싶은지 그의 앞으로 섣불리 다가오지 못하고 주춤거렸다.

그사이 날쌘 소년들이 전부 1시 방향 방화벽을 통해 바깥으로 빠져나가기 시작했다.

엔지가 연속으로 마늘과 은침 폭탄을 뿌려대니 여기저기에서 짜증 섞인 비명이 들렸다. 치명적이진 않아도 저들의 발을 확실히 묶어놓을 용도는 된다.

"어느 쪽이야?"

"왼쪽!

시온의 경쾌한 대답에 타헬이 직진을 하려다 말고 당장 왼쪽으로 방향을 틀었다.

저 끄트머리에 있는 방문이 활짝 열린 채, 안에서 매캐한 마늘 냄새와 함께 연기가 피어오르는 게 보였다. 다른 건 몰라도 자카가 저 안쪽 방을 확실하게 처리했다는 건 알겠다.

"막아!"

프린태니어나 오토널과는 비교도 안 될 정도의 경비다. 당장 그들의 앞을 막는 뱀파이어들이 뒤에서 날아드는 불덩어리를 맞았다.

"아오, 여기가 원래 이런 데가 아닌데……."

지노는 주변을 둘러보며 이를 갈았다.

이곳은 아름다운 깃발이 늘어뜨려지고, 곳곳에 꽃과 나무가 자라며, 무엇보다 선한 사람들이 가득하던 궁전이었다. 늑대인간 소년들에게 자랑스럽게 소개할 만한 곳이었다.

그런데 지금은 휑하게 아무것도 없다 못해 생기라곤 전혀 느껴지지 않았다.

다르단이 장악한 성은 더 이상 예전 그 모습이 아니었다.

"아!"

달리던 시온이 바깥으로 통하는 문을 보고 탄성을 내뱉었다.

여기서부터는 어디로 가야 하는지 잘 안다. 그는 그대로 질주하기 시작했다. 제발 늦지 않게 만날 수 있길, 속으로 수십 번 중얼거린 말을 다시 한번 중얼거리면서.

그때 이상하게 주변을 보호하던 노아의 그림자가 옅어지기 시작했다.

"……어?"

제 75 화

달의 제단
part 4

수하는 끝도 없는 어둠 속으로 떨어지고, 또 떨어졌다. 아니, 끝도 없는 어둠은 조밀하게 들어찬 기억들이다.

피를 마시고 건강해진 공주는 늘 활달하게 왕국 곳곳을 돌아다녔다. 전부 후계자 수업의 일환이었지만, 그녀는 기사들과 함께 시민들을 만나는 걸 즐겼다.

"공주님!"

"공주님!"

그나마 다행일까. 공주는 그녀에게 꽃을 내밀고 손을 흔드는 시민들에게 밝게 웃으며 마주 손을 흔들어 답했다.

"공주님, 이쪽은……."

때론 길게 늘어선 신하들과 하나하나 인사를 하기도 했다. 그녀는 웃으며 이미 알고 있는 이들에게 다시 한번 인사했다.

"오랜만이에요."

"오랜만입니다, 공주님. 이렇게 건강해지신 모습을 보니 우리 늑대인간 일족들이 모두 기뻐하겠군요."

아, 이렇게 웃는 사람은 늑대인간이었다.

"나라의 기둥이신 분께서 그렇게 말씀해주시니 정말 감사하네요. 늑대인간 일족 모두에게 제가 아주 건강하다고 꼭 전해주세요."

"우리 가문들은 전부 공주님을 굳건히 지지하고 있습니다. 흔들리지 마십시오."

왕국의 중추를 담당하는 신하가 하기엔 아주 의미심장한 말이었다.

이대로 그녀가 즉위했을까? 수하는 그러길 애타게 바랐지만, 모두가 짐작하고 있듯 그럴 리가 없었다.

환하게 빛나던 기억들이 조금씩 어두워졌다. 왕국을 노리는 이가 있었기 때문에, 오래 유지되는 듯했던 평화는 언젠간 갑작스럽게 깨지기 마련이다.

"누군가가 바르그의 피를 훔쳤습니다."

"신성모독입니다. 어떤 놈이 감히 신의 피에 손을 댄단 말입니까?"

공주는 이미 그녀를 늘 진득한 시선으로 보고 있는 어두운 얼굴을 떠올리고 있었다. 다르단이다.

하지만 여왕은 재상을 지나치게 신뢰했다. 이제 와서 생각해보니, 그 또한 상당히 이상한 일이다. 마치 다르단이 여왕의 눈을 일부러 가린 것 같았다.

"범인이 누구인지 알 수가 없습니다."

아무튼 수하는, 아니, 수하의 의식은 계속해서 저 아래로 아득하게 떨어졌다. 빽빽하게 들어찬 기나긴 기억이 계속되고 있었다.

그녀는 피를 훔쳐 간 범인을 찾지 못해 고심하는 이들을 물끄러미 바라보았다. 범인은 오랫동안 오리무중이다가, 마침내 왕국을 향해 이빨을 드러내고 검날을 세웠다.

"반역입니다, 여왕 폐하!"

"재상이 반역을 일으켰습니다! 그에게 많은 수의 부하들이 따라붙었습니다!"

아아, 정해진 일들이 터져버렸다. 되돌릴 수 없다. 바르그의 피를 훔쳐 수혈한 다르단은 지금의 수하가 느끼기에도 상대하기엔 역부족이었다.

수하는 그대로 가장 절박하고 무력한 순간으로 떨어졌다.

“공주님, 성을 방어하셔야 합니다!”

수하는 퍼뜩 고개를 들었다. 아니, 공주가 고개를 들었다. 기사인 헬리가 검을 쥔 채 그녀에게 손을 내밀고 있었다. 그의 눈가가 붉었다.

“출정하셨던 폐하께서 승하하셨습니다.”

공주는 눈을 질끈 감았다. 후계자를 남겨두고 반역을 일으킨 재상을 처단하러 간 어머니가, 어떻게…….

“……남은 이들은?”

입이 제멋대로 놀았다. 수하는 공주면서도 공주 안에 들어간 어떤 의식에 불과했다. 그녀는 공주가 되어, 공주가 말하고 생각하는 걸 전부 다 읽었다. 마치 꿈과 같았다. 좀 더 생생한 꿈. 사람의 체온과 기온, 촉감이 다 느껴져서 오히려 끔찍한 꿈이었다.

“죄송합니다.”

상징적인 존재인 여왕이 죽었고, 적은 말도 안 되게 강력하다. 바르그의 피를 마신 재상이 저와 비슷한 존재들을 많이 만들어낸 모양이다.

"······이미 늑대인간 일족들은 거의 폐하와 함께 사망했습니다. 거의 모든 이가 전사했다고 합니다. 피해 규모가······."

안다. 상상도 못 할 정도로 많은 사람들이 '거의 다 죽었다'는 이야기지. 공주는 몹시 씁쓸해하며 검을 쥐었다. 차가운 금속 촉감이 손가락을 스쳤다.

이미 궁전은 방어태세에 들어갔다.

공주가 어마어마한 힘을 갖춘 건, 다르단이 품고 있던 시커먼 욕망에 불을 지르는 것밖에 되지 않았다. 그는 '더 강력한 힘'에 미쳐버린 사람이니까. 혹은 자신이 그 어떤 선택도 받지 못한다는 걸 견디지 못하는 존재니까.

"폐하께서 시간을 많이 벌어주셨습니다만, 공주님, 피하셔야 합니다."

"피할 곳이 없을 거야."

여왕은 모든 걸 다 걸어 일생일대의 전투를 치르다 전사했다.

다르단은 이제 멈추지 않을 거다. 그의 유일한 목표인 공주를 얻을 때까지, 완전히 모든 걸 다 가질 때까지.

"남은 이들을 모아. 나도 어머니의 뜻을 이어 나라를 목숨

걸고 지키겠어.”

공주는 피가 나도록 입술을 깨문 뒤 자리를 박차고 일어났다.

“공주님, 이쪽으로!”

멀리서 마지가 소리를 지르며 손짓했다. 저 멀리, 성벽 바깥에서 몰려드는 다르단의 수하들이 새카맣게 보였다.

하지만 어느 쪽을 공격할 건지 훤히 읽혔다. 그들의 생각이 여기까지 다 들렸기 때문이다.

‘어?’

읽어냈다고? 생각이 들린다고? 그건 헬리의 능력이잖아? 수하는 멈칫거렸다.

☾

신전으로 가는 길을 뚫던 헬리도 멈칫거렸다.

“어?”

“왜 그래?”

순식간에 일그러진 그의 표정이 심상치 않다고 생각했는지 이안이 물었다. 헬리는 다급히 그의 팔을 잡았다.

"너 속으로 아무 말이나 해봐."

왜, 뭐, 왜 그러는데?

하지만 헬리는 여전히 혼란스러운 얼굴이었다.

"생각했어?"

"했어."

그는 입술을 깨물더니 뒤를 돌아보았다.

동생들이 늑대인간 소년들과 합을 맞춰 훌륭하게 막아내고 있었다. 웬만하면 알리고 싶지 않았다. 하지만 이미 헬리가 공격과 방어를 주도해왔기에 말을 해야만 했다.

"나 지금 생각을 읽을 수가 없어. 전달도 안 돼."

"뭐?"

"정신 차려. 다르단이 무슨 짓을 한 게 분명해. 여기서 무너지면 안 돼."

최악이다. 전투를 할 때마저 상대방의 공격패턴을 다 꿰뚫어 보게 해주던 능력이 사라지다니.

헬리는 앞을 바라보았다. 신전이 저 멀리 보였다. 그는 어떻게 해서든 저 신전까지 가서 수하를 구하겠다고 약속했다. 이능력이 사라졌다 해도, 순수한 전투경험과 실력이 있다.

헬리는 검을 고쳐 잡았다.

☾

공주가 바르그의 피를 통해 얻은 수많은 이능력은 그녀를 지지하는 이들을 탈출시키는 데는 아주 큰 도움이 되었다. 그냥 인간들뿐만 아니라 간신히 살아남은 늑대인간들도 역시 그녀를 지지하며 합류했다.

하지만 왕국 깊숙이 파고들어 수많은 사람을 자신의 편으로 끌어들인 다르단의 세력은 상대하기에 너무 강대하고, 또 강력했다.

"말이 안 돼. 어떻게 이렇게 된 거지?"

고군분투하던 마지가 엉망이 된 성벽을 보며 중얼거렸다. 수하는 저 멀리 보이는 다르단을 보며 눈을 가늘게 떴다.

"마치……, 마치 공주님과 같은 능력 아닙니까."

"저자는 바르그의 피를 훔쳐서 수혈했어. 그러니 감당하지 못할 힘을 얻었지. 그리고 자신의 피를 여러 사람에게 또 나눠줘서 부하로 만들었고."

공주의 입에서 말이 거침없이 나왔다. 전투 중에 사로잡았던 다르단의 부하를 붙잡아 알아낸 사실이었다. 지금 저 멀리 보이는 다르단의 머릿속에서도 그런 기억들을 어렵지 않게 찾아낼 수 있었다.

"훔쳤다고요?"

그게 말이나 되나. 그 귀한 보물을 훔칠 생각을 하다니. 마지는 탄식하고 말았다.

"전황이 우리에게 너무 불리해. 고맙게도 라이칸스로프들까지 합류해서 싸워주고 있지만……"

적진에서는 지금도 계속해서 수혈이 이어지고 있었다. 다르단이 제 피를 부하들에게 수혈하고, 수혈받은 이가 또 다른 이에게 수혈하는 식이다. 그 피를 받은 사람들은 극심한 흡혈 욕구에 시달리며 이지를 상실했다.

피를 바라며 달려드는 저 괴물들을 보통 사람들이 감당할 수 있을 리가 만무했다.

급하게 공주 측에서도 공주의 피를 수혈해주기 시작했지만, 속도가 더뎠다. 더구나 공주 측과는 달리 다르단이 강력한 힘으로 만들어낸 공포는 수많은 이를 사로잡았다. 자연히 공주보단 다르단 측 숫자가 많아질 수밖에 없었다.

숫자적 열세에 잔인한 병기나 다름없는 병사들을 앞세웠으니, 공주의 눈에는 암울한 미래가 훤히 보였다.

"피하셔야 합니다, 공주님! 성문이 뚫렸습니다!"

기습은 지금도 쉴 새 없이 몰아치고 있었다.

공주를 지지하는 이들은 다르단의 목적이 왕관이라고 생각했지만, 공주는 그렇지 않다는 걸 알고 있었다. 저놈은 그녀가 가지고 있는 힘이 목적인 거다. 힘을 빼앗을 수 없다면 공주를 억지로 그와 엮어 소유하겠다는 기괴한 욕심이었다.

공주는 찢겨 죽어 나가고 있는 늑대인간들을 바라보며 그 위로 거센 불길을 일으켰다.

화르륵, 불길이 치솟다가 새하얗게 얼었다. 얼어버린 성벽이 무너져 내리면서 적들을 덮쳤다.

"어서, 이쪽으로!"

마지가 비명까지 지르며 그녀를 잡아끌었다.

공주는 사흘 동안 이어진 전투 끝에 성문을 내어주고 궁전으로 피신해야 했다.

이젠 꼼짝없이 고립된 셈이었다.

☾

날아가던 불덩어리가 피식, 꺼졌다. 그걸 보자마자 자카와 함께 굳게 닫힌 신전 문을 부수려던 솔론이 몸을 돌렸다.

"자카, 문을 폭파해. 나는 형들을 도우러 갈게."

"얼른 가!"

심상치 않다. 솔론은 저쪽에서 달려오는 소년들에게로 달려 갔다.

"무슨 일이야, 왜 그래!"

지노가 공황에 빠진 눈으로 자신의 손을 내려다보다 달려드 는 뱀파이어의 공격을 피했다.

그들은 쫓기면서 신전으로 달려가고 있었다.

다행히 신전으로 가는 길목에 있던 뱀파이어들은 먼저 다르 단을 추격하던 자카와 솔론이 어느 정도 정리했기 때문에 가 는 게 수월했다. 하지만 지노는 어처구니가 없었다.

"나, 나 능력을 쓸 수가 없어."

온도를 조절하는 것도, 불을 휘두르는 것도, 아무것도 안 된 다. 놀란 지노의 곁을 헬리가 스쳐 지나가며 일갈했다.

"나도 그러니까 일단 정신 차려. 다르단이 무슨 짓을 하는 거야."

"그래, 일단 정신부터 차리고 그냥 싸워!"

엔지가 냅다 고함을 질렀다.

헬리에 이어 지노까지 능력이 사라졌다. 이건 우연이 아니었다.

지노는 이를 악물고 늑대인간 소년들과 함께 맨몸으로 싸우기 시작했다. 인간과는 비교도 할 수 없는 강력한 신체 능력과 우월한 회복력은 사라지지 않았다.

하지만 이능력은 사라져버렸다. 마치 본디 그들의 것이 아닌 것처럼.

쾅! 쾅! 쾅!

지축이 뒤흔들리는 소리가 연이어 들렸다. 놀란 뱀파이어들도, 소년들도 뒤를 바라볼 수밖에 없었다. 휙 다가온 자카가 이마를 쓱 문질렀다.

"역시 날려버리려면 꼼꼼하게 제대로 해야 해."

매캐한 연기와 자욱한 흙먼지 사이로 문이 사라지다 못해 구멍이 뻥 뚫린 신전 입구가 드러났다. 입을 딱 벌린 이안은 뱀파이어의 얼굴을 후려치다 말고 말을 더듬었다.

"야, 너……, 너 스승님한테 저거 걸리면 죽어……!"

맙소사, 스승님, 또는 원장선생님. 우리 애가 드디어 신성한 바르그 신전 문까지 깨부쉈네요.

헬리는 고개를 절레절레 흔들었고, 지노는 창백해진 얼굴로 눈을 깜빡였다.

와, 여왕 폐하께서 살아생전에 이 꼴을 보셨다면 뒷목을 잡고 넘어가셨겠지.

"뭐, 용서해주시지 않을까? 이게 다 사람 구하자고 하는 짓인데."

어느새 이안의 곁으로 와서 다른 뱀파이어들을 날려버린 자카가 태연하게 말했다.

"일단 들어가!"

가장 빨리 정신을 차린 헬리가 트리샤를 붙잡은 시온과 함께 달리기 시작했다.

지노가 급한 대로 마한이 던져주는 총을 받아 뒤를 마구 쏘아대며 앞으로 향했다. 소년들이 계단을 뛰어올라 신전 안으로 진입하기 시작했다.

☾

"성 앞 들판이 피로 물들었습니다. 저자들은 멈추지 않을 겁니다."

"늑대인간들이 생포되어 다르단에게 끌려간 뒤 피를 모조리 빼앗겨 죽는다고 합니다. 닥치는 대로 흡혈을 하는 중입니다."

"더 오래 버틸 수는 없습니다."

공주에게 들려오는 소식마다 암울한 것들이었다.

항복한다 해도 이곳에 있는 사람들은 전부 죽음을 면치 못할 것이다. 이미 궁 앞까지 다르단의 부하들이 몰려들었다. 해를 두려워하고 어둠을 선호하는 이들은 오늘 밤에 모든 걸 끝내리라.

"공주님, 탈출로가 있습니다."

마지는 일곱 명의 제자들을 돌아본 뒤 또 하나의 제자를 바라보며 말했다.

"기사들과 함께 빠져나가시죠."

"아니, 마지."

멀리서 적들이 문을 뚫는 소리가 들렸다. 소리가 너무 가깝다. 곧 들이닥칠 거다. 공주는 한숨을 쉬며 자리에서 일어났다.

"빠져나갈 수 없어. 죽을 때까지 추적당하겠지. 이게 끝이 아니야."

그녀는 파리하게 웃었다.

"어떻게 하시려고……."

"모두 따라와. 뒤를 부탁해. 끝까지 해줘야 할 일이 있어."

마지는 공주를 따르는 몇 안 되는 이들을 모두 데려갔다. 일곱 기사들, 마지, 그리고 마지와 뜻을 함께하며 공주를 섬기는 이들은 모두 급히 공주의 피를 수혈받은 이들이었다.

그들이 어마어마한 회복력과 신체 능력을 가진 덕에 간신히 공격을 여태까지 막아내고 버틸 수 있었다. 공주가 피를 마시면서 가지게 된 다양한 이능력도 큰 도움이 되었다.

하지만 그것만으로는 부족하다. 일단 공주가 모든 걸 다 할 수는 없었다. 부족하고 얼마 안 되는 이들을 지키기엔 한계가 있었다.

공주는 궁 안에 있는 바르그의 신전으로, 그녀가 피를 마시고 다르단이 탐욕스러운 눈을 번뜩이던 곳으로 갔다.

차가운 달이 열려 있는 신전 천장을 통해 제단을 비추고 있었다.

푸릇한 빛이 굳은 결심을 한 공주의 앳된 얼굴을 비췄다. 시간이 없었다. 궁에서 불길이 치솟고 있었다. 결국 모든 게 다 뚫린 것이다.

"마지, 부탁할게."

"얼마든지요, 공주님."

"내가 가진 걸 다 나눠주고, 최대한 모두를 살리려면 이 방법밖에 없어. 하지만 대가가 따라. 그 대가로 나는 사라져야 해. 먼 미래에 어디에선가 다시 만나게 될 거야."

"예?"

"지금은 설명 못 해. 그냥 내 말을 잘 듣고 믿어줘."

사실 설명할 시간도 없었다. 수하는 마지와 마지 곁에 있던 부하들의 손을 꼭 잡았다.

"내 기사들을 잘 부탁해. 내가 사라지면 당장 다 챙겨서 여기서 빠져나가. 꼭 살아."

"예, 공주님."

마지는 더 캐묻지 않고 단호하게 고개를 끄덕였다.

공주님이 그러시다면 그러신 거지. 그녀는 공주의 말을 액면 그대로 받아들였다.

공주님은 '가진 걸 나눠줄 것이고' '후일을 기약'하실 거다. 남은 이들은 '기사들을 잘 챙기면' 된다.

"너희들은 날 따라와 줘."

기사들 역시 한마디 이의제기조차 하지 않고 공주를 따라 제단 위에 섰다.

"나에겐 분에 넘치는, 가장 훌륭한 기사들이었어."

"그런 말씀 하지 마시죠, 공주님. 어차피 또 만날 거라면서 꼭 마지막 같지 않습니까."

이안이 얼굴을 찡그리며 투덜거렸다.

"그냥, 말하고 싶었어."

공주는 빙긋 웃었다. 그리고 곧바로 눈을 감았다.

그녀의 몸에서 눈부신 빛이 나오기 시작했다. 너무 눈이 부셔서 가까이 있던 기사들도, 제단 아래 선 마지도 눈을 가려야 할 정도였다. 빛은 점점 커져서 신전 전체를 감쌌다.

궁을 막 뚫었던 다르단은 신전 쪽에서 뿜어져 나오는 빛을 보자마자 발작하듯 소리쳤다.

"안 돼!"

그건 히스테릭한 비명에 가까운 외침이었다.

제 76 화

달의 제단
part 5

지노에 이어 능력을 잃은 건 어둠을 맹렬하게 펼치던 노아였다.

그걸 보자마자 시온은 당장 트리샤부터 망설임 없이 처리했다. 시온이 능력을 잃으면 가장 먼저 트리샤가 그들을 공격할게 뻔했기 때문이나.

"달려!"

노아에 이어 괴력을 휘두르던 이안이, 빠르게 움직이던 자카가, 그리고 시온까지 이능력을 잃고 말았다.

트리샤가 자신의 부하들을 상대하다가 오히려 당하는 모습을 확인한 시온은 진땀을 흘리며 솔론을 돌아보았다.

"너는?"

"나도 마찬가지야."

솔론은 무거운 목소리로 중얼거렸다. 힘이 다 빠지고 늑대인간의 힘만 간신히 남아 있었다. 그래도 다른 형제들보다는 상황이 나았다. 창백하게 질린 이안마저 공황에 빠진 표정이었다.

"괜찮아. 아직 안 죽었어. 우리랑 손발 잘 맞출 수 있잖아."

이안이 얼마나 당황했는지 훤히 꿰뚫어 본 나자크가 이안을 나지막하게 위로하며 어깨를 툭 쳤다.

"아, 저 지겨운 놈들."

카밀이 뒤를 돌아보며 짜증을 냈다. 뱀파이어들은 소년들의 분전에도 불구하고 신전까지 꾸역꾸역 밀려들고 있었다.

이렇게 도망만 쳐본 게 얼마 만인가. 그래, 여태까지 좀 운이 좋았지. 원래는 늘 이렇게 쫓기기만 하는 인생이었는데, 요 며칠 반격 좀 해봤다고 기분이 좋아서 도망치는 게 오히려 익숙하다는 걸 까맣게 잊고 있었다.

오토널 시청 아래 지하 신전과는 달리 이 신전은 을씨년스럽긴 해도 달빛을 받기 위해 천장이 열려 있어서 상당히 쾌적했다. 그게 유일한 위로였다. 나머지 상황은 최악이었다.

"저놈들 잡아!"

"막아! 막으란 말이다!"

악을 써대는 뱀파이어에게 총을 쏴버린 지노는 계속 신전 안으로 들어갔다.

아, 이제 슬슬 한계가 다가왔다. 호흡이 가쁘고 목 안이 쩍쩍 갈라졌다. 겨우 이 정도 전력 질주를 했다고 숨이 턱에 차다니, 평소에는 있을 수도 없는 일이었다. 지금 이능력을 잃은 뱀파이어 소년들을 움직이게 하는 건 분노였다.

헬리는 평소보다 무겁게 느껴지는 검을 고쳐잡았다.

'이능력이 없다면 어떨까 좀 궁금하긴 했지만, 이런 식으로 알고 싶지는 않았는데.'

이능력이 사라진다면 뱀파이어가 아니라 완전한 인간이 될까, 그래서 이 괴로운 과거에서 자유로워질 수 있을까, 하고 궁금해했던 적이 있었다.

그에게 의시하고 있는 동생들을 볼 때마다 그래선 안 된다고 수도 없이 마음을 고쳐먹었지만, 그도 가끔은 지고 있는 짐이 버겁게 느껴질 때가 있었다.

하지만 이능력이 사라진다 해서 인간이 되는 건 아니었다. 그는 픽 웃으며 검을 들어 올려 뒤쫓던 뱀파이어를 막고 힘껏 목을 쳐버렸다.

이젠 평범한 인간이던 때가 아득했다. 이능력이 없음에도 불구하고 그는 여전히 최정예 뱀파이어들을 상대로 순수한

근력과 속도로는 결코 밀리지 않았다. 다만, 숫자로 열세일 뿐
이다.

'언제나 열세였지.'

주변을 둘러보니 늑대인간 소년들도 이런 상황에 익숙한 얼
굴이고, 그의 형제들도 마찬가지였다. 그들은 얼굴을 찌푸리
며 뒤로 계속 물러나면서 뱀파이어들을 막고, 공격하길 거듭
했다.

'언제나, 그때도……'

성을 넘어 신전까지 밀고 들어오는 놈들을 베고 또 베어내
도 끝이 없어 절망했다.

같은 장소, 같은 느낌이다. 그 익숙한 느낌에 헬리는 미간을
찌푸리며 다시 형제들을 바라보았다.

그들 역시 혼란스러운 얼굴로 공격과 방어를 거듭하면서도
형제들을 힐끔거리다가, 어느 순간 뭔가 깨달은 표정을 지었
다.

아, 그래. 그랬다. 그들은 이곳에서 며칠 내내 밤낮없이 피에
미친 뱀파이어들과 사투를 벌였다.

꼭 지금처럼, 아주 귀한 존재를 지키기 위하여.

마지막의 마지막 순간이 왔다.

공주는 제단 위에서 그 어떤 빛보다 더 커다란 빛을 내며 빛나기 시작했다.

본능적으로 빛을 피해 고개를 돌렸던 기사들은 간신히 고개를 다시 바로 했다.

공주가 마지막으로 치르는 의식이다. 기꺼이 마주해야 했다. 다만 그들은 이게 끝이 아니라 후일을 기약하는 의식이길 바랐다.

눈을 찌르는 듯 괴로웠던 빛은 희한하게도 똑바로 마주하자 간신히 볼 수 있긴 했다.

"막아!"

저 바깥에서 누군가가 고함을 질러대는 소리가 아스라이 들렸다. 하지만 알 바 아니었다. 기사들은 공주에게서 그들에게로 흘러드는 빛줄기에 집중했다.

"여태까지 날 충실히 지켜줬으니, 이제는 내가 너희를 지켜줄 차례야."

노아는 그건 아니라고 말하고 싶었다. 그러나 결국 부하들을 지키는 것 또한 왕국의 주인이 해야 할 의무였다.

"내게 속했던 힘들을 너희 모두에게 나눠줄게. 잘 사용했으면 좋겠어."

차분히 말하는 공주의 목소리가 선명하게 들렸으나, 그녀의 모습은 빛에 파묻혀 거의 보이지 않았다.

헬리는 눈을 가느스름하게 뜨고 어떻게든 그녀를 똑바로 보려고 노력했다.

"이 힘은 영원히 너희에게 깃들어 떠나지 않을 거야. 기억마저 삼킬지도 몰라서 시도하지 않았던 일인데……"

말끝을 흐렸던 공주는 웃었다. 아, 그래. 그녀가 웃는 게 보였다.

"우리는 아마 먼 세월을 넘어, 이 땅에 아주 오랜 시간이 흐른 후에 다시 보게 될 거야."

"그때까지 제가 공주님을, 모두를 찾겠습니다!"

마지가 줄줄 눈물을 흘리며 맹세했다. 공주는 고개를 끄덕였다.

"부탁해. 만약에 내가 먼저 기억하면 꼭 너희를 찾아낼게."

"제가 기억하면 제가 먼저 공주님을 찾겠습니다."

헬리는 다부지게 말했다.

억지로 웃던 공주가 그제야 환하게 진심으로 웃으며 고개를 끄덕였다.

"그럼 그때까지."

안녕히.

마지막을 고하는 순간, 공주를 감싸고 있던 빛은 완전히 신전을 감싸고 뻗어 나갔다.

빛을 괴로워하는 뱀파이어들은 비명을 지르며 쓰러졌다. 다르단마저 미친 듯이 고함을 질러대며 막아야 한다고 달려가다가 빛과 충격파에 뒤로 나동그라질 지경이었다.

제단 위를 바라보고 있던 마지는 그 빛이 마치 자신을 아주 따사롭게 감싸주는 것 같다고 느꼈다. 전투와 불리한 전황으로 인해 지쳤던 몸에 이상하게 활력이 넘쳐나서 더 가득 쬐고 싶은 빛이었다.

하지만 바깥에 있던 뱀파이어들을 넘어뜨린 빛은 곧 사그라들었다.

마지는 끝이 났다는 것을 예감하며 급히 제단 위로 뛰어 올라갔다.

"오, 바르그시여······."

그녀는 흔적도 없이 사라진 공주와 기사들의 자리를 보며 왕국 수호신의 이름을 불렀다.

입은 탄식하였으나 손은 이미 움직이고 있다. 그녀와 부하들은 재빨리 신전에서 사라졌다. 급히 헬리의 검까지 챙긴 마지는 더 이상 주저하지 않고 단호하게 성을 뒤로한 채 왕국을 완전히 빠져나갔다.

그녀는 이제부터 공주가 돌아오기만을 기다려야 했다. 그리고 그때까지, 최선을 다해 준비하며 기사들을 찾고, 또 살아남아야 했다. 공주가 왕국을 되찾을 때까지.

☾

'그랬던 거구나.'

수하는 마지를 비롯한 이들이 서둘러 서로를 챙겨 사라지는 뒷모습을 바라보았다.

다르단의 부하들은 그들을 쫓아가지 못한 채 여전히 쓰러져 있었다. 몇몇은 죽은 모양이다.

'그래서 저대로 보육원을 만들어 숨어 있었던 거구나.'

마지가 아주 오랜 시간 후에 다시 나타난 기사들을 다 찾아내는 데 결국 성공했던 거다. 그리고 이능력을 가지게 된 소년들은 기억을 잃은 채 또 한 번 습격을 겪고 리버필드 시까지 흘러들어왔다.

그러면 수하는? 그녀 자신은 뭐란 말인가.

수하는 제단에서 사라진 공주를 보았다.

아무도 그녀를 찾아내지 못했지만, 수하만은 육신을 대가로 바치고 영혼이 된 공주가 아직까지 달의 제단 위에 서 있는 것을 눈으로 똑똑히 볼 수 있었다.

꿈에서 공주는 수하 자신이었다. 다만, 수하가 마음대로 하지 못하고 공주의 안에서 지켜보기만 할 뿐이었다.

공주가 행동하고, 공주가 말했다.

"아."

이제 놀라 탄성을 지르는 건 공주가 아니라 수하였다. 공주의 푸르고 아름다운 영혼이 수하를 마주하고 있었다. 거울을 보는 기분이다. 둘은 속눈썹 길이마저 똑같았다.

"아, 그래."

그거구나. 이제 알겠다. 수하는 고개를 끄덕이며 중얼거렸다. 공주도 고개를 끄덕이며 웃었다.

"네가 나구나."

푸릇한 공주의 영혼이 수하에게로 스며들고 있었다.

수하는 오랜 전투로 인해 텅 비어 있던 속이 따뜻하게 채워지는 느낌을 받았다. 잃어버렸던 기억을 되찾았다. 비어 있던 곳을 다 연결하고 나니 자신이 누구인지 확실히 알겠다.

"내가 너고."

긴 세월을 뛰어넘어서, 엄마한테 와서 태어난 거구나.

같은 영혼이었던 거다.

수하가 웃었다. 서서히 그녀에게 녹아들고 있는 공주도 웃었다.

웃은 뒤에 완전히 사라지기 전, 눈을 분명하게 마주쳤다.

그런데, 너. 뭐 잊은 거 없어?

드디어 모든 걸 다 이해했다는 충만한 기쁨도 잠시, 수하는 퍼뜩 정신을 차렸다.

아차. 어쩌다 여기까지 온 거였더라?

공주는 다시 한번 살풋 웃은 뒤, 완전히 수하에게 녹아들어 사라졌다.

어쩐지 눈물이 날 것 같았다. 시야가 흐릿해지고 까매졌다.

신전 안으로 뛰어든 소년들은 어차피 계속해서 뒤로 후퇴해야 했다. 그래야만 수하와 만날 수 있었으니까.

그들은 뒤에서 쫓든 말든 삽시간에 제단까지 도달했다. 평소에는 뱀파이어들이 얼씬도 하지 않는 제단 위에 사람이 있었다.

"저 새끼가……!"

다르단이다. 그리고 수하가 쓰러져 있었다.

당장 이안의 입에서 험한 말이 튀어나오고, 푸른 늑대 모습을 한 솔론이 무섭게 으르렁거렸다.

구해야 한다. 당장 구해야 했다. 소년들은 늑대인간이고 뱀파이어고 할 것 없이 당장 제단으로 뛰어 올라갔다.

그러곤 다시 뒤로 밀쳐졌다. 다르단이 빠르게 그들을 막아 버린 탓이다.

다르단은 고고하게 서서 그들을 싸늘하게 내려다보았다. 말 그대로 몹시 귀찮아하고 경멸하는 시선이다.

"버러지만도 못한 것들이 목숨줄은 질겨서 여기까지 왔군."

"수하야! 정신 차려!"

새파랗게 질린 노아가 버럭 소리를 질렀다. 쓰러진 수하는 꼼짝도 하지 않았다.

하지만 그녀에게 선명하게 빛이 나고 있었다.

뱀파이어 소년들은 저 빛을 본 적이 있었다. 신전에 다시 돌아오면서 점점 더 기억이 나기 시작했다.

어쩌면 이 친근한 장소가 기억을 불러내는 건지도 몰랐다. 그리고 그 기억에 따르자면 저 빛은…….

"무능한 것들. 너희들은 언제까지 공주에게 의존만 할 생각이지? 언제나 그녀에게서 도움만 받았지, 한 번도 제대로 기사 역할을 한 적은 없었잖나."

다르단이 내리꽂는 말을 무시한 헬리는 이를 갈았다. 그는 저 빛이 무엇인지 안다. 이젠 기억했다.

"의식을 다시 치르는 거야. 공주님이 우리에게 줬던 이능력이 그래서 사라진 거였어."

"돌아갔다 이거야?"

되묻던 자카의 눈이 커졌다.

그게 무슨 소리인지 바로 알아챈 칸은 당장 다르단에게 달려들었다.

'공주가 줬던 이능력이 사라졌다'는 뜻이 뭐겠나. '공주에게로 돌아갔다'라는 거지. 그리고 정황상 그걸 다르단이 의도한 게 틀림없었다.

칸의 경험에 의하면 이런 건 일단 막고 봐야 했다. 자세히는 몰라도 무조건 막아야 했다!

하지만 혼자 열네 명의 소년들을 상대하는 다르단은 그들이 제단 위에 발도 내딛지 못하게 했다. 그는 그 정도로 여유가 있었다.

몇 번 부딪쳐보면 안다. '저건' 사람이 아니라 괴물이었다. 그것도 절대로 소년들의 전력으로는 절대로 상대하지 못할 괴물. 그리고 어처구니없게도 소년들을 향한 순수한 분노까지 있었다.

'버러지들.'

이능력이 없어도 헬리는 다르단이 무슨 생각을 하는지 알 것 같았다. 그는 언제나 '자신만이' 공주를 이해하고 편안하게 해줄 거라 믿었다.

시끄러웠던 뒤에서는 마침내 다르단의 부하들이 들이닥쳤다.

"전부 죽여라. 필요 없다."

다르단은 싸늘하게 명령했다.

당장 그의 부하들은 그 명령을 이행하기 위해 소년들에게로 달려들었다. 하지만 뱀파이어 소년들이 이능력을 잃었다 해도, 그들에겐 아주 강력한 힘을 가진 친구들이 있었다.

제단 아래에서 늑대인간들이 완전한 늑대 모습으로 변해 날뛰기 시작했다. 까맣게 몰려든 뱀파이어들을 늑대들이 사정없이 물어뜯어댔다. 아수라장이지만 확실히 늑대인간들은 뱀파이어들을 압도하고 있었다.

"큭……!"

어떻게든 수하를 잡으려고 다르단을 공격하던 헬리도 계단 아래로 굴러떨어져 통증에 시달렸다.

"형! 수하야! 좀 일어나 봐!"

너무 답답해서 소리를 버럭 지르면서도 시온은 문득 생각했다. 수하가 일어나서 도대체 무슨 일을 할 수 있단 말인가. 그래봤자 여기에서 다 같이 죽는 것밖에 없는데.

방금 전에 있었던 홀과는 달리 이곳에는 퇴로도 없었다. 아니, 분명히 원장선생님이 여기에서 빠져나가실 때 이용한 퇴로가 있겠지만 그들은 몰랐다.

"수하야!"

하지만 시온과 달리 헬리는 포기하지 않고 그 이름을 한 번 더 붉었다. 새카만 속눈썹이 늘어진 눈가가 꿈틀거렸다.

주변이 차갑다. 딱딱한 돌바닥이 그녀를 받치고 있었다. 감각이 선명해지자 수하는 자신이 울고 있다는 사실도 깨달았다. 눈 아래로 눈물이 주륵 흘러내렸다.

"흐으……."

눈물이 나는 건, 마지막까지 서로를 위하고 희생하려 했던 그 마음들이 얼마나 끈끈한 사랑인지 깨달았기 때문이다.

마지가, 여왕이, 공주가, 기사들이 전부 서로를 위해 기꺼이 몸을 내던지고 후일을 기약했다. 그렇게 애써 그러모은 희망이 여기까지 왔다.

"이게……, 이게 뭐야……."

수하는 평소보다 훨씬 더 예민해진 감각과 빛이 환하게 나는 몸을 내려다보며 울먹였다.

"정신이 듭니까? 얼마나 기억이 납니까?"

다르단은 순식간에 따뜻한 눈빛으로 돌변해 수하를 일으켰다. 그 빠른 변화가 소름 끼쳤다.

시끄러운 소리에 수하는 제단 아래를 바라보았다.

맙소사. 아수라장이다. 이능을 잃은 뱀파이어 친구들이 자꾸만 밀려나는 와중에, 늑대인간 친구들이 든든하게 받쳐주고 있었다. 어떻게든 버텨보려 했지만, 아주 당연하게도 수적으로 불리했다.

게다가 헬리는, 특히 헬리는 계속 다르단에게 달려들었다가 제단 아래로 떨어지길 반복했다. 다르단이 성가시다는 듯 손을 휘두르자 쾅, 하는 소리와 함께 헬리가 다시 제단 계단에 부딪혔다.

열린 천장 위로 어느새 마지막 의식을 치렀던 날처럼 새파란 달빛이 내려오기 시작했다.

"기억이 다⋯⋯."

다르단은 말을 흐리며 그를 분명하게 쳐다보는 수하를 살폈다. 그러곤 확신했다.

"돌아왔군요. 축하드립니다."

축하한다는 말조차도 그녀를 기만하는 것처럼 들렸다. 애초에 기초부터 뒤틀린 자이니 당연하겠다만.

"유감스럽지만, 그 힘은 공주님에겐 있어봤자 계속 가치가 없는 자를 위해 사용될 뿐입니다."

다르단은 절차를 차곡차곡 밟았다. 기사들에게 나눠줬던 힘들을 다시 공주에게로 원위치시킨 뒤, 그대로 그가 모든 힘을 가져가려는 거다.

"그러니 내게 주셔야겠습니다. 매우 유감입니다."

그것만큼은 몹시 안타깝다는 표정으로 중얼거린 그는 망설이지도 않고 곧장 다음 의식을 시작했다.

친구들의 피가 뿜어지는 제단 아래를 멍하니 보던 수하가 중얼거렸다.

"원래대로 돌아왔다고……?"

싸우는 사람들의 생각이 읽혔다. 다르단의 제멋대로 합리화된 연정인지, 혹은 집착인지 모를 속내도 다 읽혔다.

나만이 공주를 차지할 수 있어.

달빛을 따라 생긴 그림자들이 꿈틀대기 시작했나. 이런 감각이었구나.

"저런, 재상."

수하가 중얼거렸다

"나를 협박하고 싶었으면 내 힘을 원래대로 돌리지 말았어야지."

제 77 화

달의 제단
part 6

동료, 아니, 이미 그 수준을 넘어서 친구가 되어버린 이들이 이능을 잃었다면, 늑대인간 소년들은 얼마든지 더 힘을 내서 싸워줄 수 있었다. 여기저기에서 난무하는 건 뱀파이어들의 비명이었다.

"으아아아아!"

칸의 은빛 털이 피에 질척하게 젖었다. 피를 본 뱀파이어들은 더 날뛰어대며 그에게 달려들었다. 그가 하나를 쳐내면 셋이 달려들어 그를 넘어뜨리고 물어뜯었다.

늑대인간 무리의 리더인 칸이 그러하니 다른 소년들이야 말해 뭐할까. 가장 약한 개체인 막내 타헬은 용감하게 싸웠으나, 그에게 날아드는 뱀파이어의 공격을 맞고 잠시 균형을 잃었다.

"정신 차려!"

도약한 이안이 그를 안고 함께 굴렀다. 굴러봤자 피한 곳에는 또 뱀파이어들의 날카로운 송곳니와 잔인한 손속이 기다리고 있을 뿐이다. 하지만 타헬은 쓱 일어나더니 뱀파이어들을 물어다 집어던졌다. 한 번에 다섯이 나가떨어진다.

"뭐야. 도와주지 않아도 괜찮았어."

"알아. 그런데 아슬아슬하잖아."

그렇게 말하는 이안의 이마도 찢어져서 피가 흐르고 있었다. 그는 어떻게든 헬리와 함께 계단을 올라가려 노력하고 있었다.

타헬은 할 말을 잃고, 이안에게 달려드는 뱀파이어를 근육이 가득한 앞발로 후려쳐냈다. 엄청난 속도로 후려친 앞발에 뱀파이어는 온몸이 찢어졌다.

"네 걱정이나 해. 피나잖아."

"피는……, 이건…….'

이안은 말을 하다 말고 이마를 대충 쓱 닦았다. 피 따위가 중요한 게 아니었다.

울분이 치솟았다. 세상은 정의로워야 하는 거 아닌가? 그런데 왜 저 비겁하고 치졸하며 충성이라곤 전혀 모르는 살인자이자 배신자가 자꾸 살아남아서 이긴 걸까?

눈앞에 멸망해가던 왕국이 선명했다. 그게 그렇게 허망하게 무너질 나라가 아니었단 말이다. 아름답고 강한 나라였다. 억울하고 분했다.

물론 그랬으면 좋겠지. 하지만 늘 그런 건 아니란다, 이안. 그러니 우리라도 정의롭게 행동하려고 노력해야 해.

원장선생님은 그렇게 말씀하셨다.

하지만, 스승님. 도대체 우리만 정의롭고, 우리만 서로에게 의리를 지킨다 해서 무슨 소용이 있을까요?

이안은 체력이 고갈되었다는 걸 느꼈다. 리버필드 시에서부터 쭉 이어진 피로가, 아니, 훨씬 전에 이놈들과 벌었던 선생과 보육원으로 이어지는 도피 생활로 쌓인 오래 묵은 피로가 그들을 덮쳤다.

다르단은 너무나 강력했다. 뱀파이어들은 어찌어찌 꺾는다고 해도, 그에게는 패배할 거다. 그럴 기색이 짙었다.

여태까지 벌어졌던 원장선생님과 공주를 섬기던 이들의 희생은 아무 의미가 없는 걸까? 하나하나 소중한 생명이고, 가장 위대한 가치를 위해 목숨을 기꺼이 내놓은 이들인데 왜 우리는 계속 지기만 하는 걸까? 지고, 잃고, 죽어간다.

'······희망이 뭐 언제는 있었다고.'

늘 더 끔찍한 지옥으로 떨어지지 않으려고 발버둥 치기만 했을 뿐이다. 과거를 모르고 헤매며, 희망 따위 바란 적도 없었다.

이안은 다음, 그다음 공격을 계속 막는 데 실패하고 얻어터지기만 했다.

"이안!"

누구지, 마한인가? 아니, 칸이구나. 그는 눈앞을 가득 채우는 늑대의 든든한 뒷모습을 바라보았다.

골이 흔들리고 눈앞의 시야가 점멸했다. 아, 그래. 뭐 어떤가. 결국 그들은 원래 자리에 돌아와서 기사로서 공주를 지키다가 죽는 거니까, 임무는 다한 거다. '행동하려고 노력'한 거다.

애초에 많은 걸 바라지 않았다. 결국, 결국 잃어버렸던 자신을 찾았으니까.

어, 진짜? 너 그걸로 끝이야?

한 번 더 맞았던 이안은 고개를 간신히 돌렸다. 늘 머릿속에 들리던 헬리의 목소리가 아니다. 이거 뭐지?

세상에, 이안, 그러기야? 그렇게 욕심이 없었단 말이야? 언젠 모두 악착같이 노력해서 살아남아야 한다고 하더니? 실망이야.

피가 줄줄 흘러내리는 그의 입가가 씩 올라갔다.

'뭐야 쟤, 왜 웃고 있어?'

저놈이 미쳤다. 간신히 뱀파이어들을 떨쳐내고 두들겨 맞던 이안을 구해주러 온 칸은 저놈의 머리를 한 대 때려볼까, 하고 심각하게 고민했다. 칸에겐 이곳이 바로 복수의 현장이었다.

"저 늑대놈 목부터 따!"

하하. 칸은 자신을 가리키는 창백한 손들이 공포로 인해 파르르 떨리는 것을 보곤 싸늘하게 웃었다.

할 수 있으면 진작 했을 거다. 지금 이능을 잃은 뱀파이어 소년들이 피가 터지도록 악으로 버텨내는 이유는, 수하도 있었지만 늑대인간 소년들이 제 몫의 수백 배를 해내고 있기 때문이었다.

"괴, 괴물!"

늑대인간들의 위용에 오히려 저 뱀파이어들의 입에서 저딴 소리가 나오고 말았다.

늑대인간들에게 당한 상처는 아주 참혹할 수밖에 없었다. 뼈가 부서지고 살점이 터져나가며, 내장이 튀어나와 바닥을 굴렀다. 분노에 찬 소년들은 그들의 일족을 몰살한 뱀파이어들을 똑같이 없애고 있었다.

늑대인간이면 뱀파이어에게 죽는 게 당연한 세상이다. 그 어디에도 희망은 없었다. 이놈들의 본진까지 쳐들어온 것만 해도 칸은 어마어마한 업적을 세운 셈이었다. 하지만 딱 거기까지다.

'이미 너무 많이 죽었지.'

알고 있다. 살아남은 늑대인간들이 얼마 없었다. 이 정도 되는 뱀파이어 숫자는 오래도록 감당하지 못할 게 분명했다.

끝까지 포기하고 싶지 않았다. 하지만, 시야가 자신의 피로 붉게 물들고 숨이 턱까지 닿아 폐가 찢어질 것 같은 고통까지 느껴지면 저도 모르게 의지가 약해진다.

언제까지 버틸 수 있을까? 언제 쟤들은 이능이 돌아오는 거지? 힘들었다.

힘들어? 그만하고 싶어?

나만 아니라 다른 사람도 다 똑같이 생각할걸.

무심결에 대꾸한 칸의 눈이 커졌다. 지금, 누가 뭐라고 말한 거지?

하긴 그래. 다들 지쳤네. 자, 그렇지만 다들 정신 차려봐!

머리 위로 얼음장 같은 물이 쏟아지는 느낌이었다.

소년들은 일제히 제단을 바라보았다. 모두 같은 목소리를 들은 게 틀림없었다.

그리고 자신만만한 목소리만큼 환한 빛이 제단 위에서 순식간에 쏟아져 내리기 시작했다.

"악!"

정예 뱀파이어마저 비명을 지를 정도로 강력한 빛이었다. 지금 가장 필요하고, 소년들이 절실하게 바랐던 효과적인 공격이기도 했다.

"공주님, 이제는 그만 포기……!"

다르단은 이를 갈며 수하를 막으려 달려들었다.

그동안 그도 허송세월하며 논 게 아니다. 계속해서 늑대인 간들의 피를 개량하고 또 개량하며 힘을 갖추고 더 강해졌다. 이깟 빛 정도야 이겨낼 수 있었다.

"감히 나에게 포기하라니."

다르단의 손에 걸리는 게 아무것도 없었다.

그가 빠르게 돌아섰다. 하지만 등 뒤에서 들리던 목소리의 주인은 또 감쪽같이 사라졌다.

다르단의 얼굴에 힘줄이 시퍼렇게 불거졌다. 그는 특히 이런 상황을 견디지 못했다. 너무나 답답했다. 답답하고 원통했다. 왜 깨닫지 못한단 말인가. 공주에겐 아무런 득이 되지 않는 저 무능해 빠진 놈들이 뭐가 대수라고.

"늘 생각한 거지만 너는 항상 귀가 닫혀 있었지. 혼자 생각 하고 단정해버리고."

목소리. 목소리를 따라가야 한다. 그런데 목소리를 따라가 야 한다니, 어쩌다 이렇게까지 된 거지? 육안으로 따라잡을 수 없는 속도라니.

다르단의 호흡이 순식간에 거칠어졌다. 언제나 모든 걸 계 산하면서 철저하게 우위만 점했던 남자는 자신의 계산이 다 들어맞지 않는 순간 당황했다.

"당황했네."

수하는 어느새 움직이는 걸 멈추고 아래를 내려다보았다.

한 번 내뿜었던 빛에 괴로워하는 뱀파이어들 때문에 그녀의 친구들에게 쉴 틈이 생겼다. 그들은 반짝반짝한 달빛에 흠뻑 젖은 채 쓰러졌던 몸을 다시 일으키고 있었다.

됐다. 저러면 된다.

그녀는 다시 몸을 돌려 다르단을 바라보았다.

곧고 분명한 눈동자가 잔악한 자를 완전히 꿰뚫어 보았다.

"위대한 사람이 되고 싶었지, 재상? 그러지 못해서 속이 상하고."

다르단의 굳은 얼굴에 균열이 갔다. 그녀는 언제나 그를 비참하게 만들었다. 어째서 그가 그녀를 이토록 위하고 있다는 걸 모른단 말인가.

"공주님, 제발 내가 당신을 공격하지 않게 해주십시오."

이를 갈아붙이며 그가 부탁인지 협박인지 모를 말을 내뱉었다.

"욕심이 너무나 컸어. 적당한 게 뭔지 알았다면 바르그의 피를 훔치거나 내 힘을 탐내지 않았겠지."

하지만 수하는 그를 공격하지 않을 이유가 없었다.

쾅!

굉음이 신전을 뒤흔들었다. 다르단은 그녀의 공격을 피했으나, 옷이 상했다. 수하는 눈을 동그랗게 떴다.

"그런데 신기하네. 나는 피를 마셨을 뿐인데도 이런 능력을 얻었는데."

공격이 마구 퍼부어졌다. 수하는 절대로 멈출 생각이 없었다. 다르단이 정신이 없을 만큼 몰아붙여서 소중한 친구들에게 틈을 벌어줘야 했다.

"당신은 피를 '몰래' 훔쳐다 정성 들여 '수혈'까지 했는데, 나만큼은 아닌가 봐? 아, 그래서 내 능력을 탐내는 거구나."

아아, 그렇구나. 아주 성의 없이 '이제 알았다'라는 표정을 지은 수하는 당장 그녀에게 쇄도하는 다르단의 공격을 슬쩍 흘렸다.

"나는 당신의 능력을 탐낸 게 아니야!"

잘생긴 얼굴이 일그러지며 목에 핏대를 세우면서 외쳤다. 그는 그녀를 어떻게든 잡기 위해 바짝 붙었다.

"당신 자체를 바란 거지!"

어쩌라고. 수하는 간격을 좁히고 있는 다르단을 무심히 바라보았다. 간신히 틈을 타서 억지로 계단 위로 올라온 헬리가 눈을 부릅떴다.

"수하야!"

수하는 가만히 서 있었다. 절대로 그의 등 뒤로 피하지 않을 거다.

그녀는 그대로 주먹을 꽉 쥐고 빠르게 내질렀다.

"안 돼!"

헬리의 외침 위로 뻐억, 하고 예상했던 것보다 훨씬 요란한 소리가 났다.

다르단의 잘생긴 턱에 수하가 야무지게 쥔 주먹이 제대로 꽂혀 들어간 소리였다.

하지만 다르단이 어디 맞고서 바로 나가떨어지는 보통 뱀파이어던가. 그는 곧바로 다시 정신을 차린 뒤 수하에게 달려들었다.

하지만 그를 막은 건 수하가 아니라 헬리였다.

은색 검이 달빛을 받아 번뜩였다. 저 검만은 다르단도 그리 상대하고 싶지 않은 무기였다.

다르단이 잠시 주춤거리며 허점을 파악하는 사이, 수하의 앞을 가로막은 헬리가 물었다.

"어디 다친 데는 없어?"

"그 말은 내가 해야지……."

수하는 피투성이가 된 헬리를 보며 할 말을 잃었다.

그때 다르단이 당장 그들을 찢어 죽일 기세로 달려들었다. 그는 아주 오래전부터 공주가 헬리와 가까운 것을 특히 싫어했다. 어마어마한 속도에 수하는 헬리를 잡아끌었다.

"나는 괜찮아."

헬리는 그녀에게 끌려가면서도 꾸역꾸역 말했다.

"네 반응속도를 보면 하나도 안 괜찮아!"

"조금 힘들어서 그래. 이젠 괜찮아."

수하는 그를 당겨 다시 한번 다르단의 공격을 피하게 했다.

아차, 이젠 생각을 전할 수 있는 능력이 생겼지.

다르단이 이상해. 뱀파이어의 힘뿐만 아니라 다른 힘도 사용하는 것 같아.

피까지 훔쳤는데 뭐는 안 하겠어? 그동안 우리가 모르는 다른 힘도 키웠겠지.

헬리는 조용히 말하며 다르단을 막았다. 막으려다 큭, 하고 신음을 내뱉었다. 공격을 읽어내며 싸우는 것보다 본능에 의해 싸우는 게 익숙하지 않아서 더 힘들었다.

뱀파이어들을 아래에서 상대하고 있던 소년들도 힘들긴 마찬가지였다. 순식간에 입은 부상, 심한 내상으로 모두가 서로에 의지해 겨우겨우 싸우고 있었다.

지금 제단 위에서 날아다니는 수하도 아주 능숙하게 다르단을 압도하지는 못했다.

아니, 다르단은 압도할 수 있는 상대가 아니었다. 가장 중요하게 생각하는 수하에게 여러 번 거부당하기도 해서 분노하기도 했거니와, 실제로 교활하고 잔인하며, 무엇보다 질투심인지 열등감인지 모를 것으로 똘똘 뭉쳐 있었다.

무엇보다 그는 그만큼 집념이 강하고 고집이 세며, 원하는 뜻을 이루기 위해 별짓을 다 한 사람이었다.

쾅!

제단 위에서 시끄러운 소리가 났다. 그 와중에도 이 제단이 부서지지 않는 게 천만다행이었다.

아직까지도 푸른 달은 요요히 빛나며 그들을 싸늘하게 내려다보고 있었다.

수하야, 괜찮아?

괜찮은 거야?

어디 다쳤어? 너 괜찮아?

간신히 틈을 벌린 소년들의 목소리가 수하의 머릿속에 쏟아져 들어왔다.

정신이 없었지만 그만큼 기쁘고 고마워서 또 왈칵 눈물이 나려고 했다.

이게 바로 그녀가 공주일 때부터 계속 받아왔던 꾸밈없는 애정이었다.

나는 괜찮아! 다친 데 하나도 없어!

언제나 '힘이 너무 센 게' 문제였던 수하에겐 빠르게 익힌 전투경험이 있었다. 무엇보다 그녀에겐 아주 뛰어난 교본이자 선생들이 열네 명이나 있었다.

눈으로 보고 익혔고, 실제로 함께 싸우면서 친구들이 때때로 가르쳐주거나 충고해주는 걸 귀담아들었던 수하는 아주 날렵하게 움직이며 다르단을 상대로 싸웠다. 눈이 돌아간 그는 어떻게든 그녀를 움켜쥐려 했다. 하지만 수하도 못지않게 집요했다.

너 몸 좀 사려!

보다 못한 헬리가 한마디 할 정도였다.

하지만 안개로 바뀌었다가, 지노가 했듯 불길을 일으켰다가, 자카처럼 빠르게 움직이는 수하는 전혀 그럴 생각이 없었다.

몸 사렸다가 뭐 하게!

초보들이 그러다가 실수한다고! 그리고 내가 그렇게 못 미더워?

내가 초보인 선 맞고 네가 못 미더운 건 아닌데!

웃챠. 수하는 가까스로 다르단의 새카만 기운을 피했다. 간발의 차이로 피한 거고, 살짝 스치기만 했어도 당장 구멍이 뻥 뚫려서 피가 쏟아졌을 거다. 이제 다르단은 아무런 상처도 없이 그녀를 제압하는 걸 포기한 셈이었다.

헬리는 아슬아슬하고 조마조마한데, 수하는 그런 걸 전혀 모르는 모양이다. 아니, 솔직히 새로운 능력들을 얻어서 신이

난 것도 같았다.

저러다 실수하는데.

어, 다 들려! 미안! 엿들으려던 건 아니었어!

집중해. 내가 뒤에서 칠 테니까.

아니, 넌 좀 쉬고 있어도 되는데.

헬리는 못 들은 척 검을 꽉 쥐고 그대로 다르단의 후방을 공격했다.

하지만 앞에 수하를 둔 다르단이라고 해서 그를 막지 못할 리가 없었다. 역시나 만만하지 않은 상대다.

"기사가 비겁하게 뒤를 치다니, 많이 절박하군."

헬리는 다르단이 비꼬는 소리에 입귀를 사납게 비틀어 올렸다.

"나도 덕분에 많이 배웠어."

쾅! 쾅!

검과 새카맣고 진득한 기운이 부딪치는 데도 폭발하는 소리가 났다.

그 소리를 들으면서도 위로 올라가 도와줄 수가 없어서 소년들은 애가 탔다. 뱀파이어 소년들은 이능력이 다시 돌아오길 바랐고, 늑대인간 소년들은 조금 더 버틸 힘을 바랐다.

제발. 어떤 힘이 더 생겼으면. 제발.

"엥?"

수하는 싸우다가 말고 아래를 내려다보았다.

집중하라니까!

헬리가 날카롭게 외치며 다르단이 수하를 공격하는 사이에 검날을 기어코 들이밀었다. 다르단이 짜증을 내며 뒤로 물러났다.

아니, 너희 지금 무슨 생각을 하는 거야? 미안해. 안 들으려고 했는데 너무 강하게 들려서 들어버렸어. 그러니까, 내 말은.

수하는 다시 한번 바닥을 박차고 몸을 날려 다르단에게 달려들었다.

이미 다 갖추고 있잖아! 이미 그 힘, 가지고 있다고!

뒤통수를 맞은 기분에 칸은 고개를 들어 위를 올려다보았다.

푸른 달과 쏟아지는 빛, 그리고 제단 위에서 거대한 늑대 모습을 한 고대신 바르그의 모습이 그들을 내려다보고 있었다.

그랬다. 고대신은 늑대였다.

어디선가 늑대가 우는 소리가 아스라이 들렸다.

제 78 화

달의 제단
part 7

"악! 아아악!"

찌르고 또 찔러도 더럽게 죽지 않던 늑대가 이젠 점점 커지기 시작했다.

성예 뱀파이어는 소리를 지르며 뒤로 물러났다. 그의 동료는 차라리 소리를 지른 놈이 부럽다고 생각했다.

진정한 공포를 느낀 이는 소리조차 지르지 못한다. 뱀파이어는 그들을 압도하는 크기로 커지고 있는 늑대들을 보며 벌벌 떨었다.

"괴, 괴, 괴물!"

이빨이 저절로 따다닥 부딪쳤다.

"좀 다른 별명을 붙여봐라. 지겹지도 않냐?"

카밀이 지겹게 들은 소리에 심드렁하게 되물었다. 그래봤자 늘대 아니냐고 코웃음을 치며 달려들기엔 뱀파이어들 역시 여 태까지 늑대인간들을 상대했던 수년간의 전투경험이 있었다.

덕분에 본능적으로 알았다. 저 늑대들이 내뿜는 살기만으 로도 그들은 이미 짓눌린 느낌을 받고 있었다. 함부로 덤볐다 간 죽음뿐이다.

아주 넓은 신전이 거대한 늑대들로 꽉 채워졌다. 저 바깥에 서 꾸역꾸역 밀려들던 뱀파이어들은 아무것도 모르고 들어왔 다가 깜짝 놀라 오히려 뒷걸음질 치기 시작했다.

탕! 탕!

그중에는 벌벌 떨면서 총을 들어 사냥하듯 방아쇠를 당기 는 이도 있었다.

루슬란은 일단 피했지만, 카밀은 꿈쩍도 않은 채 그냥 맞았 다. 동시에 엔지와 타헬이 그를 본능적으로 쳐다보았다.

"음."

카밀은 맞은 곳을 툭 쳤다.

"그냥 그렇네."

"그걸 굳이 그렇게 확인해야 해?"

엔지가 질린 얼굴로 물었다.

"누군가는 확인해봐야 할 거 아냐."

카밀은 덤덤히 말하면서 그에게 총을 쏜 뱀파이어를 앞발로 후려쳤다. 뱀파이어는 비명도 지르지 못한 채 날아갔다. 어마어마한 괴력이었다.

"몸이 아주 가뿐하다 못해 힘이 넘쳐나네."

심지어 어마어마한 회복력은 여태까지 입었던 부상을 싹 낫게 하고 있었다.

나자크는 혀를 내두르다가 힐끗, 거대한 수호신의 동상을 내려다보았다.

뱀파이어의 왕국을 수호하는 늑대신이라.

너무 아이러니하고 낯설면서도, 이상하게 예전처럼 심한 거부감은 들지 않았다.

하도 뱀파이어 소년들과 함께 싸워서 그런 걸까?

나자크는 몸을 잠시 낮췄다가 휙 도약했다. 순식간에 뱀파이어들 위를 훌쩍 날아간 뒤, 입구 근처에 착지하며 그 근처에 있던 뱀파이어들을 발로 납작하게 깔아버렸다. 그러곤 들어오는 놈들을 상대하기 시작했다.

나자크, 혼자 다 막지 마. 뒤에 우리가 있으니까, 적당히 막고

뒤로 보내!

　나자크는 다시 익숙한 헬리의 목소리가 머릿속에서 들리자 즐거워하기 시작했다.

*　오, 어떻게 된 거야? 다시 회복했어?*

　소년들을 지휘하며 상황을 빠르게 컨트롤하고, 세심한 부분을 놓치지 않는 헬리가 칸과 함께 손발이 척척 맞는지라 헬리가 의사를 전달하는 게 확실히 편했다.
　방금 전까지만 해도 그저 본능과 감에 의해서 협력하던 소년들이 훨씬 더 날카롭고 정확한 공격을 퍼붓기 시작했다. 게다가 그들이 놓치는 사각지대도 범위가 훨씬 줄었다.

*　회복인지 뭔지 모르겠어. 일단 돌아왔으니 된 거지.*

　정확하게는, 어떻게 된 건지 뭐라 말로 설명할 수가 없었다.
　내부에서 충만하게 차오르는 이 힘과 감각을 뭐라고 설명해야 할까? 피가 잔뜩 묻은 검이 더 이상 무겁지 않았다. 지쳐서

축축 늘어지던 몸도 가뿐했다.

다시 머릿속이 시끄러워져서 오히려 깜짝 놀랐다. 뱀파이어들이 느끼는 공포, 늑대인간들이 느끼는 해방감과 상쾌함, 그리고 본능적인 바르그에 대한 경외감과 자신감이 모래사장에 파도가 밀려들 듯 헬리를 휩쓸었다.

능력이 돌아온 건가?

아니, 수하는 그와 함께 지금 다르단을 상대하느라 정신이 없어서 따로 의식을 치를 틈도 없었다. 능력을 나눠줄 때 보였던 눈부신 빛도 더 이상 없었다.

그는 가벼워진 몸을 날렵하게 놀리며 다르단을 매섭게 몰아붙였다.

돌아온 게 아니야.

응. 아니지.

수하는 그의 중얼거림에 대답했다. 그러면서 다르단의 허점을 노리려다가 오히려 당할 뻔했다.

헬리가 얼른 그녀를 가까이 끌어당겨 다칠 뻔한 걸 막았다.

조심해.

정신이 하나도 없었다. 수하의 도움도 없이 저절로 차오르는 힘과, 얼굴이 일그러진 다르단, 아무리 힘을 얻었다 해도 새카만 개미 떼처럼 밀려드는 최정예 뱀파이어들에 수하까지, 헬리는 몸이 열 개라도 모자랐다.

형, 나 몸이 이상해.

그리고 동생들도 있었다. 노아가 중얼거리는 말에 깜짝 놀란 헬리가 고개를 슬쩍 돌렸다. 노아가 지배하는 어둠이 스멀거리며 제단 위까지 올라와서 호시탐탐 다르단의 발목을 노리고 있었다.

왜, 어디 아파?
아니, 힘이 너무 넘쳐나서 이상해. 내 몸은 원래 이러지 않았는데……?

넌 꼭 그 말을 굳이 지금 해야겠니. 헬리는 이를 꽉 깨물었다.

좋은 게 좋은 거라고 생각하고 일단 집중하자, 우리……?

하지만 노아가 당황스러워하는 걸 이해하지 못하는 건 아니었다. 그들이 가진 이능력은 예전보다 훨씬 더 범위가 확장되고, 훨씬 더 강해졌다. 노아는 다르단을 낚아채보려 하다가 그에게로 밀려드는 뱀파이어들을 보고 미간을 찌푸렸다.

"칫, 나도 저 위로 올라가야 하는데."

지금 이런 놈들한테 잡힐 때가 아닌데.

"마한, 던져!"

노아의 곁에서 이안이 고함을 질렀다. 몸집이 어마어마해진 마한이 성가시게 총을 쏴대는 뱀파이어 둘을 냉큼 물어 이안에게 가볍게 휙 던졌다.

쾅!

이안은 날아오는 둘을 피하지도 않고 한꺼번에 주먹을 내질렀다. 어마어마한 소리와 함께 뱀파이어들은 그대로 동료들에게 날아가 너덧 명이 더 쓰러져버리고 말았다. 눈이 커진 이안은 새삼스럽게 내질렀던 주먹을 쳐다보았다.

"어, 이게 되네?"

"그런 걸 이런 데서 굳이 확인해보지 말라고, 제발, 좀……!"

자카가 신음하며 그의 곁을 휙 지나갔다. 혹시나 이안이 다칠까 봐 가까이 와 있었던 거다.

시온은 대뜸 저벅저벅 벽을 걸어 올라가서 천장으로 향하고 있었다. 저 위에서 다르단에게 접근할 생각인 거다. 달빛이 소년들을 환하게 감싸고 있었다.

"야, 이 정도면 해볼 만하……!"

신이 났던 이안의 중얼거림이 쾅, 하는 굉음에 뚝 끊겼다.

제단에서 다르단의 공격을 피해 수하와 헬리가 아래로 떨어지고 있었다.

그들이 바닥에 착지할 때쯤에는 어느새 자카가 그들을 돕고 있었다. 아마 바로 그쪽으로 튀어간 모양이다.

"부탁인데 형은 다 끝나기 전엔 말하지 마. 또 무슨 일이 생길까 봐 겁난다, 정말……."

자카가 고개를 흔들며 이안에게 한마디 했다.

제단 위에서 대단히 분노한 다르단이 한 발자국 앞으로 내디디며 그들을 내려다보았다.

"내가 뭘. 수하 너 괜찮아?"

부루퉁해진 이안이 수하에게 손을 뻗치려는 뱀파이어의 팔을 뚝 부러뜨리며 다가와서 산뜻하게 물었다.

"다친 데 없어?"

"없다니까. 나 완전 멀쩡해."

칸이 뱀파이어들을 정리하며 다가와 물었다.

"방금 공격은?"

"피했어!"

상황이 아주 낙관적인 건 아니지만 수하는 자신만만했다.

그녀는 아직까지도 뱀파이어들이 총을 쏘며 들이닥치는 입구를 더 이상 걱정하며 돌아보지 않았다. 저긴 소년들 중 누군가가 알아서 해결할 것이다.

그녀는 곧은 눈으로 오만하다 못해 미쳐가기 시작한 디르단을, 그의 손에서 일렁이는 시커멓고 끈적거리는 힘을 똑바로 쏘아보았다.

조금 힘들지도 모르겠어.

다르단은 절대로 만만한 상대가 아니다. 10대가 달려들기엔, 그는 지금도 무시무시한 힘을 자랑하며 그들을 굽어보고 있었다.

그러니 절대로 섣불리 덤벼서는 안 된다. 만만히 봐서도 안되고, 방심은 금물이다.

게다가 지금 그에겐, 아주 오랜 세월 동안 인내하고 기다리면서 연구했던 실험의 이상적인 결과물이 눈앞에 있었다. 아니, 결과가 아니라 처음부터 바랐던 존재 그 자체였다.

수하가 있는데 다르단의 눈에 보이는 게 있겠는가. 미쳐버린 야심가는 다른 의미로 더 위험했다. 솔직히 수하는 그의 감정을 야심이 아닌 다른 것이라고 인정하고 싶지 않았다. 저건 사랑이 아니다. 사랑이라고 하기엔 구역질이 났다.

분명히 나를 노릴 거야. 내가 최종목표겠지만, 너희들이 방해된다면 너희들부터 죽이려고 할 거고.

다치게 하는 것도 아니고 숨통을 바로 끊으려 들 것이다.

수하는 마른침을 꿀꺽 삼켰다. 긴장감이 넘치는 힘을 감싼다. 오싹했지만 기분 좋은 느낌이었다. 그녀는 저도 모르게 눈을 빛내며 사납게 웃었다.

다들 일단, 더 이상 다치지 말자.

바닥에 떨어진 피는 이젠 멀쩡한 친구들에게서 흘러나온 피가 압도적으로 많았기에 수하는 그 점부터 분명히 했다.

고작 열다섯 명이 수백 명이나 되는 뱀파이어들과 어마어마하고 압도적인 힘을 가진 다르단까지 상대하면서 동료를 하나도 잃지 않겠다 다짐하는 건 욕심일 수도 있겠다.

하지만 절대로 잃고 싶지 않았다.

소년들은 이미 너무 많은 사람을 잃었다는 걸 똑똑히 알았기 때문이다.

다르단 말고 다른 뱀파이어들은 해결할 수 있지?

어. 그건 걱정하지 마. 무슨 일이 있어도 저놈들이라도 다 죽일테니까.

루슬란이 이를 까드득 갈며 대답했다.

소년들은 이 와중에도 싸우는 걸 멈추지 않았다. 몸과 절박한 마음 안에서 차오른 힘은 그들이 잠시 수하와 헬리의 말에 집중할 수 있는 틈을 선사했을 뿐이다. 전투는 여전히 계속되고 있었다.

수하는 그녀의 뒤를 치려는 뱀파이어를 알아채고 바로 돌아섰지만, 곧장 헬리가 놈의 목을 찔러버린 후였다.

이런 일이 계속됐다. 그녀가 알아차리고 반격하려고 하면 헬리가 그녀를 보호했다.

'그러지 말라고 해야 하나?'

하지만 그 와중에 헬리를 공격하는 놈을 수하가 잡아냈으니, 결국 주고받는 셈이기도 했다.

아무래도 그는 아직까지도 기사로서의 정체성을 굳건하게 지키는 모양이다. 그게 헬리답기도 했다.

그럼 최우선 목표는 다르단이야.

당연하지!

수하가 중얼거리자 여기저기에서 소년들이 동의하는 소리가 들려왔다.

오늘로 끝내자, 얘들아.

끊임없이 쫓기며 언제 사냥당할지 몰라 두려움에 떠는 밤도, 막연한 미래에 꿈은 사치라 오늘 하루 살아남기 급급한 날도 오늘로 끝이다.

그리고 수하에겐 평범하고 싶어 몸부림치며 의기소침해하던 날들도 끝이었다.

잊어버린 지 오래다. 그녀 역시 쫓기며 살고 싶지 않았다. 오히려 남아 있던 마지막 의문마저 말끔히 해소되었으니, 그녀가 반드시 해야 할 일이 뭔지 알겠다.

각오를 단단히 한 수하의 옆얼굴을 본 헬리는 검을 한 번 길게 그어 묻었던 피를 흩뿌렸다.

노아, 나자크와 함께 뱀파이어들을 막아줘. 한 놈도 놓치지 마. 엔지도 부탁해. 네 폭탄이 아주 큰 도움이 됐어.

엔지가 고개를 끄덕이며 나자크 쪽으로 달려가기 시작했다.

수하가 마침 불을 크게 일으키고 있던 지노를 따라 이쪽부터 지노 쪽으로 같은 불을 일으켰다.

"오."

지노는 감탄하며 웃었다. 이런 식으로 손발이 맞다니, 즐겁

기까지 했다.

칸과 나랑 수하는 다르단을 상대할게. 계속 이쪽을 주시하면서 틈이 생기는 대로 다들 합류해.

말을 끝낸 헬리는 또 다른 뱀파이어를 베어냈다. 이번만큼은 다들 섣불리 다르단이 있는 제단으로 접근하지 않고 철저하게 경계하며 주의를 기울이고 있었다.

다르단은 천장을 맴돌고 있는 시온을 공격했다. 그건 시온에게 무척 고마운 일이었다. 그는 휙 몸을 날려 아예 다르단에게 바짝 접근했다. 당장 그를 돕기 위해 카밀과 칸이 제단 위로 뛰어올랐다.

"내가 계속 궁금한 게 있었는데."

시온은 번뜩이는 눈을 다르단과 마주하며 빠르게 파고들었다.

휙, 날아드는 반격이 날카롭다. 묵직하고 힘이 있었다. 쉬운 상대는 결코 아니었다. 여태까지 상대했던 놈들보다 훨씬 강하다. 아니, 가장 강했다.

일단 다시 거리를 벌린 시온은 그럼에도 불구하고 씩 웃었다.

"넌 우리 능력이 얼마나 통할까?"

그러곤 곧장 눈에 보이지 않을 정도로 신속하게 움직이던 다르단의 발을 제단 바닥에 붙여버렸다.

"붙잡았어!"

굳이 말하지 않아도 이미 칸과 카밀이 다르단에게로 달려들었다.

제단 위로 뛰어오른 수하가 시온의 앞을 가로막으며 다르단의 다리를 노렸고, 헬리는 다르단의 뒤를 쳤다.

쾅!

카밀은 손에 걸리는 것도 없이 시커먼 기운에 의해 밀려 다시 제난 아래로 작지했다.

시온은 수하의 앞을 팔로 막았고, 수하는 시온의 뒷덜미를 붙잡고 함께 물러났다. 그건 거의 동시에 일어난 일이었다.

다르단은 셋을 한꺼번에 떨쳐냈지만, 칸의 발톱에 얼굴이 살짝 스쳤고, 헬리의 검에 옷이 베였다.

'진작에 이랬어야지! 공주를 뜯어먹고살 게 아니라 진작 이랬어야지! 하지만 아직까지도 성가시고 귀찮은 정도밖에 되지 않는구나!'

여태까지 도망만 치며 비루한 목숨을 간신히 이어나갔던 어린 것들이었다.

그런 놈들이 그의 앞에서 단번에 숨이 끊어지지 않고 귀찮은 벌레처럼 그를 괴롭히다니! 너무나 지겨워서 짜증이 치밀었다.

"……네 자아가 지나치게 비대한 건 알고 있었는데."

헬리는 몹시 역겹다는 표정으로 다르단을 쳐다보았다.

"솔직히 태조니 뭐니 하는 호칭도 네가 스스로 붙인 거잖아. 누가 널 최초의 뱀파이어라고 먼저 인정했지? 그건 네가 아니라 공주님이잖아."

헬리가 생각을 전달하며 동시에 한 말이 떨어지기 무섭게 자카와 엔지는 경악스럽다는 표정으로 제단 쪽을 한 번 바라보았다.

"완전히 미쳤네……."

징그러운 새끼. 자카는 욕을 해댔다.

"어떻게든 공주님과 결혼해서 왕이 되려고, 저……!"

이안이 이를 빠드득 갈았다. 타헬은 아주 진지하게 노아에게 물었다.

"저기, 저 사람 원래부터 저런 거야?"

"나도 모르겠어서 예전에 헬리 형한테 물어봤었는데, 원래 멀쩡하던 사람도 욕심이 너무 커지면 미치는 법이래."

허어어업. 타헬은 입을 틀어막고 다르단을 다시 쳐다본 뒤 고개를 끄덕이곤 뱀파이어 하나의 턱을 아래에서 위로 날려버렸다.

"뭐, 보는 눈이 있다는 건 인정하겠지만, 공주님은 널 선택하지 않으셨지."

다르단의 가장 아픈 곳을 푹 찌른 헬리는 웃었다.

"예전에도 그랬고, 지금도 그렇고. 언제나."

그는 다르단을 긁어대는 데 아주 탁월했다.

제 79 화

달의 제단
part 8

기사들과 공주를 가르쳤고, 능력을 가지는 대신 기억을 잃고 아이들로 변한 뱀파이어 소년들을 또 사랑과 정성을 다해 가르쳤던 마지, 원장선생님은 아주 현명한 사람이었다.

사람은 말이나, 헬리. 가상 바라고 중요하게 생각하는 걸 많이 말한단다.

돈을 원하는 이는 돈에 관한 이야기를 주로 한다. 건강을 중요하게 생각하는 사람은 건강에 대한 말을 많이 한다.

그래서 다르단은 최초의 뱀파이어, 그리고 뱀파이어들을 다스리는 시조이자 왕이라는 태조를 자칭했다.

얘들아, 사람들이 말하는 주제에 귀를 기울여라. 그거야말로 그들이 내보이는 약점이란다.

아주 오랜 시간 동안 떠받들어주는 뱀파이어들 위에 군림하기만 한 다르단은 비웃음과 경멸에 익숙하지 않았다.

최초의 뱀파이어라고 자칭하다가, 다시 한번 공주에게 공격을 잔뜩 얻어맞았으니 더더욱 그는 화가 났다.

다르단에게서 살벌한 검은 기운이 가득 피어올랐다. 그건 노아가 다루는 순수하고 친숙하게 볼 수 있는 어둠과 확실히 달랐다.

'저게 대체 뭐지?'

헬리는 그를 주의 깊게 살폈다. 기사 시절에는 다르단과 싸우고 도피하느라 급급해서 정신이 없었지만, 이젠 그가 다루는 저 힘이 뭔지 알 정도로 여유가 생겼다. 서로를 경계하며 틈을 살피는 사이, 함께 기싸움과 말싸움까지 해줄 동료들이 늘어났기 때문이다.

"아, 그런 거였어?"

칸이 과장되게 놀라는 척을 하더니 한심스럽다는 표정으로 다르단을 쳐다보았다.

"그래서 수하를 데려다가 억지로 힘만 빼앗고 지가 최초인 척하려고? 사기꾼에 미친놈이네."

"원래 사기와 협잡질에 일가견이 있어. 남의 말도 전혀 안 듣지."

헬리는 진지한 표정으로 고개를 끄덕였다.

스스로를 위대하다고 말하면서도 힘에 집착해댄 다르단의 모순이 여기서 나온다. 정말로 위대하다면 더 강한 힘에 저렇게 집착할 필요가 없었다.

"뒤집어 말하자면, 그거 빼곤 아무것도 없다는 거지."

시온은 천진난만한 목소리로 다르단의 속을 뒤집었다.

이런 유치한 심리전에 넘어가선 안 된다. 다르단은 가장 예민한 약점을 사정없이 꼬집어 비트는 이 어린놈들에게 넘어가지 않을 작정이었다.

아래에서 날뛰는 것들은 그의 유능한, 혹은 유능해야만 하는 부하들이 알아서 처리할 거다.

지나치게 거대한 늑대들과 수많은 이능력을 한꺼번에 휘두르는 공주, 그리고 그녀를 지키는 저 기사, 즉 뱀파이어 로드들이 너무나 거슬렸지만 침착하게 그가 직접 하나씩 정리해야 했다. 하나씩 정리하고 공주를 다시 그의 품 안에 가둘 것이다.

다르단은 잠시 미간을 찌푸리며 달빛을 받고 선 바르그 조각상을 슬쩍 쳐다보았다.

'아주 끝까지 날 방해하는군.'

그는 저 늑대신이 끔찍하게 싫었다. 침착할 것이고, 저 꼬맹이들이 지껄이는 소리에 어떠한 동요도 하지 않고 있다고 스스로 믿었지만, 사실 다르단의 손속에는 이미 분노가 실렸다.

'내겐 힘을 주지도 않았지.'

그건 늑대신의 문제였다. 저 왕국의 수호신입네 뭐네 하면서 피를 남긴 저 늑대 새끼가 문제였다.

저절로 바르그와 비슷한 외양을 가진 늑대인간 소년들 중 가장 가까이 있는 칸부터 공격하기 시작했다.

'어째서? 그렇게 노력했는데, 왜 나는 안 되는 거지?'

그는 정말 이해할 수가 없었다.

바르그의 피를 제대로 다룬 건 공주가 아니라 바로 다르단, 그였다. 저렇게 공주의 발목만 잡아대는 놈들과 그는 차원이 달랐다. 그는 진정으로 공주를 위했고, 버거운 짐에 허덕이는 그녀를 안쓰럽게 여겼다.

그렇다면 힘을 제대로 다루는 그에게 알맞은 힘을 주는 게 맞는 것 아닌가? 그게 다르단의 상식에는 맞는 일이었다.

쾅, 하는 폭발음이 계속해서 이어졌다. 엔지는 대충 폭탄들을 우르르 떨궈버린 뒤 입구 바깥으로 쳐냈다. 계속 들어오던 뱀파이어들이 짜증을 내거나, 은침에 가득 꽂혀 뻣뻣하게 서버린 뒤 픽픽 쓰러졌다.

좋아. 일단은 밀려드는 놈들은 막았고.

"솔론!"

아직까지 새로운 이능력을 사용하는 게 익숙하지 않은 수하는 제단 위로 마구 밀려드는 뱀파이어들을 막아내며 외쳤다. 당장 늑대인간 소년들과 어깨를 나란히 할 정도의 체구가 된 푸른 늑대가 계단으로 뛰어올라 뱀파이어들을 쓸어내렸다.

"굳이 그렇게 말하지 않고 속으로 부르기만 해도 난 들을 수 있어."

"알아. 근데 내가 일단은 별로 익숙하지가 않고!"

수하는 말을 끊은 뒤 힘껏 발을 내질렀다. 하지만 다르단이 슬쩍 몸을 피해버렸다. 쾅, 하며 엄청나게 큰 소리가 났지만 애꿎은 제단 바닥만 때린 셈이었다.

아오, 저 짜증 나게 교활한 놈.

"게다가 저놈이 시끄럽게 징징거리면서 자기합리화해대는 소리가 너무 웃겨서 정신 사나워!"

이번엔 헬리가 괴상한 소리를 냈다. 그건 으음, 하면서 웃음을 참으려다가 결국 터트리는 소리였다.

수하는 그 소리에 바로 헬리를 쳐다보았다.

"그치, 엄청 시끄러워서 너도 들었지? 내가 일부러 읽으려고 한 게 아니란 말이야!"

그녀는 일부러라도 유쾌하게 말하며 몸을 슬쩍 피했다. 그녀가 있던 자리에 다르단의 공격이 작렬했다.

하나씩 정리하겠다고 생각했지만 점점 그 생각이 시뻘건 분노, 아니, 시커먼 집착과 녹빛 질투로 인해 희미해지고 있었다. 어째서 공주는 그의 이 마음을 몰라주는 건가. 역시나 가둬두고 뭐가 잘못된 건지 똑바로 가르쳐야겠다. 아니, 진작 그랬어야 했다!

"이제 내 마음을 알겠어?"

헬리는 반면 몹시 즐거웠다. 그조차 다르단을 상대하는 와중에 이런 기분을 느낄 수 있을 거라곤 전혀 예상하지 못했기 때문에 아주 놀라울 지경이었다.

수하는 재기발랄했고, 마음속에 있던 공주와 자신의 정체성에 대한 의문이 말끔히 사라진 모양인지 더 쾌활했다. 마치 예전의 공주처럼.

어마어마한 공격을 퍼부으면서도 그녀는 긍정적인 마음을 절대로 잊지 않았다.

"어! 알겠어! 진짜 엄청나게 시끄러워!"

더군다나 헬리에겐 자신을 이해할 수 있는 사람이 하나 생긴 셈이었다. 가끔 그리 읽고 싶지 않은 사람들의 생각이 너무 시끄러워서 강제로 들리는 경우가 있었다. 그 마음까지 이해해주는 사람이 바로 수하라니. 그는 마음이 벅찰 정도로 기뻤다.

"그런 의미에서 정정하겠는데, 난 아프다고 남들 앞에서 운 적 한 번도 없어!"

크게 말한 수하는 말해놓고서 슬쩍 헬리의 눈치를 살폈다.

……그렇지? 나 운 적 없지? 절대 안 울었지, 그치?

혹시 울어놓고 기억 못 하는 건가? 그럴 리가 없는데!

운 적 없어.

픽 웃은 헬리가 대답하며 다시 한번 검을 들고 도약했다.

'하도 숨어서 울어서 여러 사람을 속상하게 했지.'

물론 이 생각은 절대로 수하에게 전달하지 않았다. 아래에서는 지노가 짜증을 내고 있었다.

"아, 귀찮아 죽겠네. 이것들 숫자만 많아가지고! 나자크, 더 있어?"

거대한 늑대가 지노를 돌아보며 그와 똑같이 '귀찮아 죽겠고 성가시다'라는 표정으로 대충 고개를 두어 번 흔들었다. 지노의 얼굴이 더 귀찮다는 듯 일그러졌다.

"하여튼 사람 죽여서 피 빼앗아 먹는 놈들이 머릿수는 더럽게 많아. 어, 잠깐."

더 거대한 불길을 만들어내려던 지노가 멈칫거렸다.

"루슬란, 그놈 내 거야!"

아니, 이 와중에 내 거 네 거 할 게 뭐가 있나. 어이가 없어진 루슬란은 고함을 버럭 지른 지노에게 막 상대하려던 뱀파이어를 툭 쳐서 넘겼다.

"아는 얼굴이냐?"

"아, 옛날에 한 번 봤지. 오래된 얼굴들이 여기 가득하네."

이미 죽은 쌍둥이들을 포함해서 가장 처음부터 공주와 여왕을 배신하고 다르단에게 붙어 그 알량한 피를 수혈받았던 놈들이 다 기어 나왔다. 성에서 벌어졌던 마지막 전투 때도 여러 번 얼굴을 봤던 증오스러운 배신자들이었다.

배신자들의 종말이란 당연히 합당한 대가를 치르는 것으로 끝나야 하지 않겠는가. 지노는 씩 웃으면서 아는 얼굴을 향해 달려들었다.

"아는 얼굴 있으면 빨리빨리 말해. 넘겨줄 테니."

그리고 원한이란 게 얼마나 깊은지 잘 아는 카밀은 씩 웃으면서 중얼거렸다.

"으, 아아악!"

굳이 넘겨 달라 하지 않아도 알아서 찾아낸 노아는 어둠을 이용해 놈들의 목을 묶어 끌어 올렸다.

이 제단에서 거슬리는 건 다르단의 심념이 고스란히 나타난 것 같은 시커먼 힘과 자꾸만 밀려드는 뱀파이어들뿐이었다. 그 외에는 맑은 기운과 충만한 힘만이 가득했다.

그들은 지치지 않았다. 다만, 제단 위에서 다르단을 상대하고 있는 친구들이 고전하고 있는 게 걱정될 뿐이었다. 어서 올라가서 돕고 싶었지만 아래를 정리하지 않으면 오히려 방해만 될 뿐이다.

노아는 이를 악물고 더 많은 놈을 처리하기 위해 어둠을 더 크게 펼쳤다. 밤은 더 이상 뱀파이어들의 시간이 아니다. 노아의 친구이자 편안한 안식처였다.

"큭!"

시온이 그사이 다르단과 부딪친 뒤 튕겨 나갔다. 그는 안전하게 아래에 착지했지만, 그가 빠져서 비어버린 자리가 걱정되었다. 그가 다시 올라가기엔 제단과 거리가 상당했다. 그리고 불과 몇 초 만에 승패가 가름이 날 살벌한 전투가 계속되고 있었다.

"누가 좀……!"

나 대신 가봐, 라는 말이 떨어지기도 전에 솔론이 훌쩍 제단 위로 올라갔다.

좋아. 시온은 솔론이 빠진 자리를 대신 채웠다. 곧 제단 아래에 있던 뱀파이어들은 서로 싸우기 시작했고, 또는 바닥에 콱 들러붙어 꼼짝도 하지 못한 채 밟혀 죽었다.

아수라장이 따로 없었다. 지옥이라면 바로 이런 곳이 아닐까?

다르단은 이해할 수가 없었다. 그가 공주를 위해 가장 숭고한 의식을 완성해야 할 제단이 왜 하찮은 늑대들과 이미 패배해버린 기사들에게 더럽혀지고 있단 말인가.

그중에는 다르단이 가장 혐오하는, 뱀파이어이자 늑대인간 양쪽의 모습을 다 가지고 있는 솔론도 있었다.

"생각해보면 네놈부터 죽였어야 했지."

다르단은 싸늘한 분노를 가득 담아 푸른 늑대에게 향했다. 쐐액, 하고 무시무시한 소리를 내며 칼날 같은 기운이 공기를 가르고 날아갔다.

솔론은 굳이 그런 말에 대답할 가치를 느끼지 못했다. 그는 자신이 해야 하는 역할을 아주 잘 알고 있었다. 절대로 다르단의 숨통을 끊겠다든가 하는 무모한 목표 따위 세우지 않았다.

그저 아래에서 뱀파이어들이 모두 정리되고, 친구들이 전부 다르단을 상대할 때까지만 버티면 되는 거다. 그러라고 동료들이 있는 섯이니까.

그리고 가장 넓은 범위로 움직일 수 있는 노아와 자카, 그리고 지노가 제대로 역할을 해주고 있었다. 몸집과 힘이 커진 늑대인간 소년들은 두말할 것도 없었다.

솔론은 예리한 눈으로 다르단을 노려보았다.

'할 수 있어.'

칸과 솔론이 한 몸이 되어 싸웠다. 두 사람이 다르단에게 달려들면, 그사이 아주 작게 벌어진 틈을 헬리와 수하가 노렸다.

그래봤자 다르단에게 큰 타격은 주지 못했지만 계속해서 공격이 지속되고 있다는 점이 중요했다.

"어, 더 이상 안 오는데?"

입구를 보고 있던 나자크가 중얼거렸다.

"야. 너네가 끝이냐?"

물었지만 뱀파이어들은 오히려 도망치려고 했다.

"도망가긴 어딜 도망가. 얘네가 최정예 맞아? 근데 왜 도망가? 죽을 때까지 충성해야 하는 거 아냐?"

나자크는 어이가 없다는 듯 기세가 등등해서 들어왔다가 상황이 불리하다는 걸 깨닫고 바로 도망가려는 뱀파이어들을 안으로 몰아넣었다.

"누구는 죽음까지 각오하고 충성했는데, 이놈들은 의리도 없네."

중얼거리면서 슬금슬금 가까이 오는 늑대를 본 뱀파이어들은 저절로 뒷걸음질 쳤다.

저렇게 큰 늑대인간은 본 적이 없다!

감히 히버널 성에, 태조께서 계신 이곳에 더럽고 불결한 놈들이 침입했다는 소식을 듣고 쫓아 나왔던 그들은 주변을 둘러보곤 경악했다. 순식간에 산더미처럼 쌓인 동료들의 시신들이 여기저기 널려 있었기 때문이다. 그러면 보통 이들은 교활한 머리를 굴려서 바로 도망치려고 했다. 맞서 싸우기엔 시신들이 너무나 많았다.

"배신을 한 번만 하지는 않지."

도망가는 놈들 앞에 자카가 불쑥 나타나며 중얼거렸다.

"흐아아악!"

"아, 아는 놈이네."

자카가 중얼거리면서 천천히 뱀파이어를 향해 걸어가기 시작했다.

"또? 아, 진짜. 뭐 그렇게 아는 놈들이 많아? 하긴 당연하지만."

저놈은 내가 잡으려고 했는데. 나자크는 아쉬워하면서 다른쪽으로 고개를 돌렸다. 양보해주지, 뭐.

그는 이곳에 있는 뱀파이어들 중 특정한 누군가에게 원한이 따로 있는 건 아니었다. 그저 다 죽여 버리고 싶을 뿐이다.

"저, 저리 가!"

"하, 어이가 없네. 너 여왕 폐하를 모시던 근위대원 아니냐? 어디로 사라졌나 했더니 다르단 저놈한테 빌붙어 있었구나?"

자카가 하, 하고 기가 차다는 듯 말하자 근처에 있던 이안이 험악하게 반응했다.

"뭐야? 근위대원이라고? 어디 있어?"

"여기, 둘."

성큼성큼 걸어오는 이안의 등 뒤로 루슬란이 가볍게 뱀파이어들을 넘어뜨리는 게 보였다.

"으, 다, 다가오지 마!"

허옇게 질린 전직 근위대원이자 정예 뱀파이어들은 이안과 자카를 향해 총을 쏘아댔다.

늑대인간들에게나 사용하는 총이었으나 그들은 아는 얼굴, 그것도 공주의 기사들이 돌아왔다는 사실에 본능적으로 공포를 넘어 공황까지 느끼고 있었다.

닥치는 대로 쏘았으나 자카에겐 먹히지도 않았고, 이안은 쏘든 말든 전부 다 무시하고 달려갔다. 빠른 속도로 날아온 개조된 탄환마저 그의 괴력 앞에서는 부딪치자마자 산산조각이 나 사라졌다.

바로 그런 점이 뱀파이어들로 하여금 공포에 질리게 했다.

"흐아, 악……!"

자카와 이안은 배신자에게 기사로서 가차 없는 처분을 내렸다. 그들이 선 곳을 비롯해 여기저기에서 시체가 털썩털썩 쓰러지는 소리가 났다. 예전과는 비교도 안 될 정도로 빠른 속도로 정예 뱀파이어들이 마침내 쓰러지고 있었다.

어느새 정신을 차리고 보니, 다르단의 주변에는 그를 도울 부하가 전혀 없을 지경이었다.

물론 그는 그렇다 해도 눈 하나 깜짝하지 않았다.

"예전부터 늘 궁금한 게 있었는데."

수하의 손에서는 무시무시한 불길과 차가운 한기가 한데 뭉쳐 함께 타오르고 있었다.

"수적으로 우세한 게 어떤 느낌일까, 궁금했어. 한 번도 느껴보지 못했거든."

그녀의 눈에 담긴 원한과 실패한 지도자로서의 책임감, 그리고 분노를 본 뱀파이어 소년늘은 그 감정을 이해했다.

언제나 결국엔 수세에 몰려 도망치기만 해왔으니 충분히 이해하고, 동시에 몹시 슬펐다. 공주는 굳이 그런 마음을 느끼지 않아도 괜찮았는데.

"아, 이런 기분이었구나."

슬슬 제단 위로 하나둘, 나머지 소년들이 합류하고 있었다.

평온했던 시절과 가족, 그리고 사랑하던 것들 모두를 다 앗아간 다르단을 보며 수하는 웃었다.

"동시에 기쁘기도 해."

터져나가는 힘에 불길을 더한다면 어떨까? 그녀는 주먹을 꽉 쥐었다.

"드디어 제대로 갚아줄 수 있겠네."

언제나 물량과 잔혹함으로 승부하던 다르단은 어느새 혼자가 되어 있었다.

제 80 화

달의 제단
part 9

다르단에게 여태까지 쌓인 경험으로 말하자면, 열다섯 명이 한꺼번에 덤벼드는 건 그에게 아무것도 아닌 일이었다.

그는 한꺼번에 모두 죽여 버릴 수 있기도 했고, 하나하나 가지고 놀면서 차라리 죽음을 달라고 구걸하게 만들 수도 있었다. 십 대 소년 소녀 열다섯 명은 정말 아무것도 아니라는 뜻이었다.

하지만 지금 그가 상대해야 하는, 피할 수도 없고 무조건 마주해야만 하는 열다섯 명은 7냥 인간이 아니었다.

그리고 보통 뱀파이어나 늑대인간 역시 아니었다.

순수하게 살고자 하는 열망, 처참하게 모든 걸 잃어본 자만이 아는 복수심으로 똘똘 뭉친 이들이었다. 그리고 가장 특별한 힘을 가진 이들이기도 했다.

쾅!

칸이 다르단을 몰아세웠다. 열다섯 명이 슬슬 제단을 채우기 시작하니 싸우는 범위가 좁아졌다. 칸은 그대로 다르단을 제단 위에서 몰아냈다.

좁은 곳에서 싸우는 건 다르단에게도 불리했기 때문에, 그 역시 아래로 내려갔다. 착지라기보다는 차라리 소리 없이 내려섰다는 표현이 맞을 정도로 움직임은 날렵하고 부드러웠다.

하지만 치명적이다.

훅, 하고 공기가 파열되는 소리를 내며 다르단은 바짝 붙은 카밀을 향해 손을 내질렀다.

조심해!

"쳇."

다르단과 붙어보는 순간, 카밀은 전혀 쉽지 않다는 것을 느꼈다. 잘못 스쳤다간 그대로 뼈와 근육이 동시에 날아갈 공격이다.

시온이 재빨리 다르단을 그 자리에 붙들었다. 하지만 다르단에게서 시커먼 기운이 빠져나와 시온에게 쇄도했다.

그걸 수하가 바로 쳐내면서 불길에 휩싸인 주먹을 내질렀다.

"큭……!"

처음으로 다르단의 입에서 신음소리가 나왔다. 어마어마한 열기와 함께 달려든 힘에 그가 밀려나기 시작했다.

지노가 그때를 놓치지 않고 다르단의 눈을 노리기 시작했다. 루슬란과 마한, 엔지가 빠르게 치고 빠졌다. 앞발과 날카로운 이빨에 처음으로 다르단이 걸리기 시작했다. 옷이 뜯기고, 그의 피부에 날카로운 상처가 났다.

된다.

수히기 확신하고, 헬리가 동의했다.

이건 된다. 이기는 싸움이었다.

소년들은 그렇다 해서 흥분하지 않았다. 이미 그들은 너무 많이 당해봤기에 마지막의 마지막까지 신중했다. 쿵쾅쿵쾅 격렬하게 뛰는 심장을 억지로 내리눌러가며 하나하나 모든 공격을 모든 정성을 다해 수행했다. 다르단을 매섭게 몰아붙이는 공격은 '완벽'했다.

한 사람이 치고, 둘이 막고, 셋이 반격한다.

다르단의 시선을 이안이 끌면 뒤에서 칸과 타헬이 덤비고, 다르단이 휘두르는 새카만 기운에 수하와 노아가 어둠을 일으켜 대항했다. 말 그대로 빈틈이 없었다.

자카!

어, 막았어!

헬리가 점점 균열이 가고 있는 다르단의 생각을 엿보았다. 어딜 어떻게 공격하고, 누굴 노리고 있는지 바로 알아차려서 적절하게 대항하니 오랜 세월 내내 실험실에 처박혀 있던 다르단의 얼굴이 험악하게 일그러지기 시작했다.

이건 이래선 안 되는 거였다. 그가 얼마나 오랜 세월을 인내하며 공주 하나만을 되찾길 바랐는데, 그것만을 바랐는데 어떻게 이렇게 된단 말인가. 억울했다. 너무나도 억울했다.

그가 분노하면 분노할수록 공격은 매서워졌다. 급기야 신전이 충격을 이기지 못해 바닥과 벽에서 파편이 튀었다.

'저놈만 죽이면……!'

한 놈이라도 죽여야 했다. 다르단의 눈은 자연스럽게 가장 어린 타헬과 노아에게로 향했다.

"안 돼."

분명하게 딱 떨어지는 시온이 그에게 명령했다.

"시온, 위험해!"

기겁을 한 엔지가 외쳤다.

"큭……!"

다르단이 이를 갈아붙였다. 시온의 샛노란 눈이 무섭게 빛나며 그에게 또다시 명령했다.

"가만히 서."

트리샤를 매료시켰을 때보다 훨씬 강력해진 이능력이 다르단을 제어하려 했다.

정신력으로 밀릴까 보냐. 다르단은 이딴 놈들이 부리는 조잡한 이능력은 공주가 준 것의 반의반도 세내로 사용하지 못한다는 걸 알았다. 공주가 중요한 거지, 이놈들은 아무것도 아니었다.

그는 분명히 저 시건방진 놈의 목을 움켜쥐려고 손을 뻗고 있었다. 그런데 손이 보이지 않는다.

'분명히 뻗었는데……?'

왜 늘어져 있지? 의문을 가지는 순간이었다.

쾅!

이안과 니자크가 동시에 다르단을 양쪽에서 때렸다. 시온이 위험을 무릅쓰고 바짝 다가가 잠시 붙들어놨던 다르단이 피와 먼지, 그리고 시체로 가득한 더러운 바닥을 굴렀다.

소년들은 완벽하게 공격하는 것만큼이나 친구들을 보호하는 데 필사적이었다. 모두가 너무나 소중했기에 그 누구도 잃고 싶지 않았다. 이젠 작은 상처가 나는 것조차 용납할 수 없었다.

서로가 서로를 마치 자신의 몸을 돌보듯이 보호했고, 동시에 정작 스스로의 몸은 그냥 내던졌다. 소중한 존재들에게 다르단이 손을 대는 건 절대로 용서할 수 없다.

"쿨럭……!"

다르단은 먼지 때문에 심하게 기침을 하며 일어나려다 재빨리 굴러 수하의 발을 피했다. 피하면서 그녀의 발목을 오히려 낚아챘다.

하지만 수하는 이번에야말로 그의 손아귀에서 안개가 되어 흩어졌다.

'잡히지 않아?'

다르단은 경악에 차서 눈을 부릅떴다. 어떻게? 그대로 뻗었던 팔에 날이 새파랗게 선 검이 박혔다. 헬리는 힘껏 비틀어 검을 다시 그어 내리며 빼냈다.

"크아악!"

신전 안에 다르단의 비명소리가 메아리쳤다. 소중하게 바르그의 힘을 담아놨던 피가 아래로 주르르 쏟아지기 시작했다.

"아, 안 돼! 아악!"

내 피! 소중한 피! 공주와 엮여 결국 그녀를 차지할 수 있는 유일한 수단! 수만 번이나 심혈을 기울여 조금씩 진화시킨 실험의 결정체가 형편없이 흘러나갔다.

다르단은 악에 받쳐 무차별적으로 소년들과 수하를 공격하기 시작했다. 분노가, 수도 없이 거절당하고 부정당해 좌절한 연정이 시커멓게 비틀어졌다.

"내가 저놈의 비명을 들을 때가 다 있네."

노아가 빈정거렸다.

"너무 그러지 마. 우리 재상님이 얼마나 아프시겠어?"

입꼬리를 들어 올린 카밀이 그 말을 받았다. 그러면서 마구 날아오는 시커먼 기운을 피하며 다르단에게로 바짝 붙었다. 공격을 흩뿌리기 시작했지만 소년들은 열기와 일렁이는 어둠, 그리고 안개를 이용해 침착하게 방어하며 다르단과의 거리를 좁혔다.

자, 얘들아.

수하가 그들을 불렀다. 그 뒤에 어떤 말이 더 붙지는 않았지만, 소년들은 모두 한마음으로 이해했다.

지금이었다. 더 길게 끌 필요도 없었다. 서로가 서로를 지켜줄 것이니, 서로를 믿고 각자 최선을 다하면 된다. 짧은 순간이 승패를 가른다.

시온이 다르단을 바닥에 그대로 붙였다. 어둠이 시커먼 기운을 삼키며 다르단의 팔을 칭칭 동여맸다.

다르단은 어쩐지 눈이 견딜 수 없이 뜨거워지고 있다는 걸 느꼈다. 너무 뜨거워서 폭발할 것만 같았고, 동시에 앞이 잘 보이지 않았다. 재빨리 물러나며 지노의 이능력에서 벗어나려는 찰나였다.

콰득.

시온이 손을 떼기 무섭게 푸른 늑대가 그의 허벅지를 깊게 물어뜯으며 던졌다. 거대한 칸의 앞발이 그를 후려쳤고, 나자크가 그를 물고 다시 던졌다. 순식간에 다르단에게는 여러 개의 늑대이빨 자국이 생겼다.

다르단은 소중한 피가 자꾸만 여러 곳에서 새어나가는 걸 느끼고 고함을 질러댔다. 마구 휘두르는 검은 기운을 피해 자카가 빠져나가려는 다르단을 세게 밀쳐 넘어뜨렸다.

쾅!

가속이 붙어 넘어갔으니 그 충격이 어마어마하다. 또다시 어둠이 그를 휘감았다.

다르단은 가물가물한 눈으로 달빛을 받아 섬뜩하게 번쩍거리는 검이 날아드는 걸 보았다.

검은 그대로 그의 가슴에 푹 틀어박혔다.

그래도 여전히 숨이 붙어 있었다. 온몸에서 꿈틀대며 뿜어져 나오는 진득한 기운이 독처럼 흘러내려 공격자에게 스며들려고 힐 때였다.

화르륵, 눈부신 빛과 함께 뜨거운 불꽃이 그 기운들을 태우며 그대로, 그대로 그의 머리를 향해 손을 뻗쳤다. 선이 상대적으로 가느다란 손이다.

'공주……'

오랜 세월 동안 찾아내려 애썼고, 결국 찾아내고야 말았으나 끝내 마지막 의식을 치르지 못해 빼앗지 못한 집념의 목적.

그 목적이었던 수하가 그에게 아무런 망설임 없이 치명적인 공격을 하고 있었다.

천천히 태우면서, 동시에 분명하고 확실하게.

다르단은 뚫어져라 그녀를, 마지막까지 그녀를 바라보았다.

"헬리. 칸."

수하의 냉정하고 침착한 부름에 헬리는 검을 비틀어 빼냈다. 칸은 두개골이 부서진 다르단의 가슴을 넘어뜨려 눌렀다. 단단하고 커다란 앞발 아래에서 뚜둑, 하고 뭔가 부서지는 소리가 났다.

다르단은 가물가물한 눈으로 어떻게든 그의 마지막 목표이자 이 모든 일을 일으킨 이유를 찾았다.

하지만 그녀는 보이지 않았다. 어디로, 도대체 그를 두고 어디로 간 것인가. 언제나 고정되어 있던 시선이 목표를 잃고 혼몽하게 헤맸다.

헬리는 그대로 검을 높이 들었다. 반역자에겐 합당한 처벌을. 내리치는 검 끝에서 결국 목이 잘려나갔다.

공주, 나는, 나를, '나를'.

마지막까지 집요하게 자신을 강조하는 말을 되뇌는 다르단을 수하는 그저 싸늘하게 내려다보기만 했다. 새카만 기운들이 다르단을 감싸다가 마침내 함께 재가 되기 시작했다. 사악한 자의 시신이 새파란 달빛 아래에서 부서지고 으스러져 형체를 빠르게 잃어갔다.

헬리와 칸은 눈을 가느스름하게 뜨고 그 모습을 심각하게 바라보다가 서로를 마주 보았다.

이상하지?

칸의 물음에 헬리는 아무도 눈치채지 못하게 고개를 끄덕였다.

처음 보는 힘이야.
나도 그래. 아주 더럽고 사악하고 기분 나쁜 힘이군.

다르단의 시체가 제대로 남지도 못하고 타는데 일조한 수하 역시 단단한 표정으로 주변을 둘러보다가 갑자기 어둠을 일으켜 신전을 전부 훑었다.
"왜? 아직 살아 있는 놈이 있어?"

솔론이 묻자 수하는 고개를 흔들었다.

"아니. 어쩐지 그런 거 같아서 누가 더 있나 확인해보려고. 없네."

"그래, 없어."

솔론은 무거운 어조와 가벼운 마음으로 고개를 끄덕이며 본래 모습으로 돌아갔다.

늑대인간 소년들도 주변을 마지막으로 둘러보고 경계를 충분히 한 뒤, 안심하고 소년의 모습으로 돌아갔다.

휴, 하고 숨을 내쉬는 솔론의 어깨를 곁에 있던 마한이 툭 쳤다. 무뚝뚝한 오드아이가 그에게로 향한 뒤, 두 사람은 말없이 서로를 안고 등을 두드렸다.

고생했다, 수고했다, 고맙다, 소리 없는 말들이 힘껏 잡은 손과 서로를 껴안은 몸을 통해 오고 갔다.

엉망이 된 신전 곳곳이 부서지고 깨졌지만, 이상하게도 매끈한 바르그 형상만큼은 달빛을 받으며 멀쩡하게 서 있었다.

뱀파이어 왕국을 수호하는 늑대신이라. 늑대인간 소년들은 꽤나 의외고, 상당히 재미있다는 듯 바르그를 한 번씩 쳐다보았다.

칸은 특히 약간 '이게 뭐냐'라는 표정으로 웃고 있었다. 지노가 그 표정을 발견하고 말을 걸었다.

"웃기다, 싶지?"

칸은 조용히 고개를 끄덕였다.

웃긴 일이었다. 늑대신에게 보호받던 왕국이 몰살되고, 그 힘을 탐낸 뱀파이어들은 오히려 늑대인간들을 멸시하고 죽이려 하다니.

"원래는 다 같이 섞여 살던 나라였는데, 그놈의 피 때문에 저놈이 돌았던 거지."

지노는 한숨을 쉬었다. 칸은 픽 웃으며 그의 팔을 툭 친 뒤 걸어 나갔다.

"성 안을 좀 더 뒤져봐. 남은 뱀파이어가 있을 수도 있으니까. 난 좀 찜찜한 게 있어서, 다르단의 실험실로 가봐야겠어. 또 뭐가 더 있을지도 모르니까."

수하의 말에 자카가 고개를 들었다.

"거기 폭탄 터트려놨는데 남은 게 있으려나?"

"그러게나 말이야. 마늘 냄새 참아가면서 뒤져봐야겠네."

실없는 말에도 쉽게 웃음소리가 났다.

다르단의 시신이 완전히 재가 되어 흩어지자, 그들은 성을 수색하기로 했다.

한가하게 한밤 속을 걸어가는 이들의 어깨는 아주 홀가분해 보였다. 걸음은 가볍고, 마치 산책하는 것과 같았다. 실로 오랜만에 느껴보는 여유였다. 이렇게 마음이 가벼운 적이 있던가.

노아가 일으킨 어둠이 성을 샅샅이 수색하기 시작했다.

기분 좋고 포근하게 느껴지는 어둠을 따라 실험실 앞에 다다른 수하는 마늘 냄새에 미간을 찌푸렸다. 자카가 던졌던 폭탄은 아주 제대로 작동해서 실험실 문을 날려버렸다. 그 안도 꽤나 처참했다.

"우와……. 이래서는 뭐 그리 건질 것도 없겠네."

헬리와 칸은 쓴웃음을 지으면서 안으로 들어섰다. 별로 보기 좋은 건 없을 것 같아서, 동생들은 빼놓고 리더인 두 사람과 수하만 왔다.

"으, 그래도 보기 싫은 건 대강 자카가 날렸나 봐."

"책들은 좀 남았네. 다 타진 않은 모양이야."

그나마 입구에서 멀리 떨어진 책장은 멀쩡했다.

나란히 책장 앞에 선 헬리와 칸은 거대한 책장 한구석을 채우고 있는 책들을 대충 훑어보았다. 모두 〈흑마법〉이라는 단어를 포함하고 있었다. 다르단은 바르그의 피에 필적하는 힘을 얻기 위해 별짓을 다 했던 모양이다.

"어, 헬리야, 이거 봐. 이거, 이거 기억나?"

칸은 헬리를 부르며 뭔가를 보여주다 까르르 웃는 수하를 헬리의 어깨너머로 바라보았다.

공주와 기사였다, 라. 환하게 웃는 수하의 얼굴을 멀리서 보던 칸은 어렴풋이 미소를 지으며 고개를 돌렸다.

'그래, 아마, 아니, 분명히 나는 너를……'

"으악, 마늘 냄새!"

그의 쓸쓸한 상념 위로 떠들썩하게 들이닥친 나자크와 지노가 코를 싸쥐었다. 그 뒤로 도대체 뭐가 문제냐는 엔지와 자카가 따라왔다. 줄줄이 소년들이 들어왔다.

"벌써 다 수색했어?"

"그거 뭐 얼마나 걸린다고. 우리 쪽은 다 끝났어. 나머지 애들은 신나서 쫓아가고 있고."

자카와 노아, 그리고 발 빠른 늑대인간 소년들만 있으면 넓은 성에 얼마 남지 않은 뱀파이어들도 금방 해결했다.

"신났다니 다행이네. 피곤해할 줄 알았는데."

수하가 픽 웃었다.

"어이구, 공주님은 피곤하신가 보다. 우린 멀쩡한데."

"무엄하다."

눈을 동그랗게 뜬 그녀가 어허, 하며 지노를 쳐다보자 헬리가 그만 소리 내어 웃고 말았다.

"이젠 공주님 소리 싫어하지 않네?"

"나의 예전 직업이니 그냥 받아들이기로 했어. 생각해보니 나랑 꽤 어울리는 것 같더라고."

"와……, 그건 아니지. 나도 옆에서 그냥 엿보기만 했지만 수하 너는 좀 정말 안 어울리는 공주였……."

"어, 나자크, 지금부터 영원히 말 안 하고 싶은 거지? 그렇지?"

"와악! 야, 헬리, 살려줘!"

"난 왜……?"

나자크가 제 뒤로 쏙 숨자 헬리는 어리둥절해 하다가 또 웃음을 터트렸다.

소년들은 그제야 진심으로 소년답게 거리낌 없이 웃었다.

떠들썩한 웃음소리 사이로 창가에 스며든 달빛이 그들과, 그들에게로 달려오고 있는 나머지 소년들을 반짝거리며 비추고 있었다.

제 81 화

달의 제단
part 10

소년들과 수하가 리버필드 시로 돌아온 건 아주 한참 만인 느낌이었다.

오랜만에 돌아온 리버필드 시는 여전히 관광객과 학생들로 넘쳐나고, 해변은 북적거렸다.

긴조하고 추운 땅에서 피와 침묵, 그리고 과거의 망령과 싸웠던 소년들은 이 익숙하던 풍경을 아주 낯선 것을 바라보듯 바라보았다.

"내가 지금 뭘 보는 거야? 쟤네 맨날 만나기만 하면 싸우지 않았어?"

리버필드 시민들은 지나가다 말고 경악해서 노천카페 한구석을 쳐다보고 있었다. 환하게 펼쳐진 파라솔 아래 테이블은 심드렁하게 앉은 덩치 큰 소년들로 북적였다.

"……곧 리그냐?"

"리그는 아직 멀었는데. 근데 쟤네 왜 저렇게 모여 있어?"

부딪쳤다 하면 꼭 큰 소리가 나오는 각 학교 나이트볼 주전 몇몇이 같은 테이블에 앉아서 제멋대로 늘어졌다. 도합 다섯이다.

같은 학교 교복을 입고 있다면 아주 자연스러운 일이니 모두가 납득하겠지만, 문제는 교복이 두 종류였다는 거다. 절대 섞일 리가 없는 이들이 섞여 있었다.

리버필드 시에서는 있을 수가 없는 일이었다. 더구나 시원한 음료를 쟁반에 잔뜩 받아온 사람은 나자크였고, 그걸 받아서 나눠주는 사람은 노아였으니 이게 무슨 부조화인가.

지나가던 시민들부터 학생들까지 턱이 떨어질 지경으로 입을 딱 벌리고 이쪽을 보는데, 정작 시선을 받는 이들은 그러거나 말거나 관심이 없었다.

"표정이 왜 그래?"

마한이 뚱하게 앉아 있는 이안에게 물었다. 아까부터 팔짱을 낀 채 말이 없던 그는 빨대를 꽂은 음료를 받으며 대답했다.

"아니, 좀 이상해서."

"뭐가?"

"기분이."

너무나 평안한 곳이다. 언제 누가 쳐들어올까 봐 돌아가면서 불침번을 서고, 경계하고 또 경계하며 차량을 여러 번 바꿔 타거나 쉴 새 없이 이동하는 일과는 전혀 상관없는 곳.

"너무 평화로워서 적응이 안 돼."

이안이 중얼거리는 말에 나자크가 픽 웃으면서 자리에 앉았다.

"나도 그래. 웃기지 않아? 사실 여기에서 산 기간에 비해 우리가 히버널까지 간 기간은 정말 짧잖아."

비교도 안 될 만큼 짧은 시간이었지만 숨 가쁘게 달리면서 인생에 한 번 알까 말까 한 경험들을 여러 번 겪었다. 이게 현실인지, 아니면 꿈을 꾸는 건지 스스로 무서울 정도로 조용하고 평범한 평화가 찾아왔지만, 쉽게 적응할 수가 없었다.

"더 웃긴 건 뭔지 알아?"

뭔데, 하고 모두가 노아를 쳐다봤다. 그는 주머니에 손을 찔러 넣은 채 의자에 길게 기대앉아 있었다.

"솔직히 우리 전부 계속 도망치고, 도피하고, 숨어다녔잖아."

늑대인간 소년들은 태조파 뱀파이어들로부터, 그리고 뱀파이어 소년들 역시 태조파 뱀파이어들로부터 추적을 받아 도망다녀야 했다. 그사이에 수도 없이 아끼는 이들을 잃었고, 뒤에 시체와 비명소리를 두고 떠나야 했다.

"그러니까 이번 일도 그냥 늘 겪던 일이려니 하고 자연스럽게 넘어갈 줄 알았거든? 근데……."

노아는 말을 흐리며 주변을 둘러보았다. 파도가 철썩철썩, 기분 좋게 포말을 만들며 밀려왔고, 백사장에는 아이들이 데굴데굴 굴러가는 공 뒤를 쫓아가며 한바탕 웃고 있었다.

"형들은 여기가 아주 평화로우면서도 관광객들이 워낙 많이 드나드니까 몸 숨기기가 좋다고 여기에 머무르기로 한 거거든."

노아의 중얼거림에 나자크도 고개를 끄덕였다.

"우리도 마찬가지야. 처음 왔을 때 참 좋다고 생각했어."

"그렇지? 지금도 좋은데……, 그런데 어색하고 이상해."

마치 이 평화는 소년들과는 전혀 상관이 없는 기분이었다. 노아는 뭐라 설명해야 할지 난처하다는 표정을 지었다.

"헬리 형이나 수하한테는 이 느낌이 뭔지 딱 보여주면 편하거든. 그런데 말로 설명하려니 잘 안 되네. 어색하다고 해서 싫은 것도 아니고, 그렇다고……."

끙끙대는 노아의 말을 이안이 받았다.

"다시 뱀파이어들이랑 싸우고 싶은 건 아닌데, 어색한 거
지."

"어, 그거."

"맞아, 나도."

가만히 듣고 있던 타헬이 등을 펴면서 튀어 오르듯 동감을
표시했다.

"둘 다 좀 어려서 그래. 너희가 제일 막내잖아."

"나이가 차이 나 봤자 얼마나 차이 난다고……!"

"저 봐. 바로 발끈하는 것만 봐도 막내지."

마한이 심드렁하게 중얼거렸다.

"본격적으로 전투에 처음부터 끝까지 참여한 게 이번이 처
음이라서 그래. 게다가 이번엔 우리가 여태까지 겪어본 적들보
다 훨씬 강한 적을 여러 번 상대했으니까 더 그러지"

그런가? 노아가 이안을 바라보자, 이안은 저 말이 맞다며 고
개를 끄덕였다.

"우리도 다 비슷하게 어색해하고 있을 거야. 곧 이런 느낌도
사라져."

무뎌지고, 적응해나가고, 어느새 다시 학교에 녹아들어 평범한 학생으로 생활할 거다. 운동에 푹 빠지기도 하고, 또 졸업하면 뭘 해야 할까 진로도 고민하겠지.

"사라지지 않으면 형들한테 말해라, 너네. 자존심 상한다고 말 안 하고 혼자 끙끙 앓고 있다가 터지지 말고."

이안이 말하자 타헬이 눈을 동그랗게 뜨고 고개를 열심히 흔들었다.

"안 그럴 거야!"

"그래, 그래. 장하다. 근데 애들 아직도 안 끝났대?"

그 말에 모두가 다 휴대폰을 들여다보았다.

"……어, 안 끝났대."

"아니, 잠깐만……. 어, 안 끝났네."

"좀 있으면 끝난다는데?"

"어, 뭐야."

열다섯 명이 떼로 와르르 몰려다녔으니, 각자 알아서 연락이 되는 대로 모이게 되었다.

으르렁대던 주전들끼리 갑자기 몰려다니니 사람들은 눈을 휘둥그렇게 뜨고 도대체 어떻게 된 거냐며 뒤에서 수군거렸지만, 그들은 아무래도 아직까지는 서로 붙어 있는 게 오히려 익숙했다. 그 또한 소년들은 '이상한 일'이라고 농담 삼아 말했다.

"왜?"

"수하는 나이트볼 경기장 간다는데?"

잠시 침묵하던 소년들은 일제히 자리에서 우르르 일어났다. 빨대를 물고, 가방을 대충 어깨에 걸친 키가 큰 소년들이 저마다 휴대폰을 두드리거나 서로 말을 주고받으며 빠른 걸음으로 사라졌다.

어찌나 키가 큰지, 그들이 있던 자리가 횅하게 보일 지경이었다.

소년들의 넓은 등 위로 따사로운 햇빛이 내려앉았다.

☾

나이트볼 리그가 열릴 때 관중이 꽉꽉 들어차는 나이트볼 경기장은 한산했다. 곧 이곳도 열기와 고함, 응원가와 후루라기 소리로 요란해지겠지만 아직까지는 이곳보다 조용한 곳이 없었다.

"저리 좀 가 봐. 나도 좀 보자."

필드 위에 선 사람은 머리카락을 하나로 꽉 묶은 여학생이었다.

그녀는 가만히 골대를 노려보다가 낮이라 빛이 덜한 공을 휙 집어 던졌다.

공이 골대 정중앙을 정확하게 맞히자 골대가 빠르게 돌아갔다. 공을 굉장한 속도와 힘으로 집어 던진 거다.

그녀를 보던 여학생들은 감탄을 연발했다.

예전엔 나이트볼 리그 주전들을 보러 오던 학생 중 극히 일부가 갑자기 등장한 저 여학생, 나이트볼 후보 선수 수하를 주목하기 시작했다.

"멋있다……."

"그치. 쟤 해외에 나가서 훈련받고 왔다더니 분위기가 확 달라졌어."

일전엔 어깨를 움츠리고 사람들과 일정 거리를 유지하려고 하던 많은 학생 중 하나였는데, 풍기는 분위기 자체가 달라졌다. 차분한 태도와 부드러운 미소가 늘 기본인 데다가 지금 골대를 노려보는 눈은 아주 날카로웠다.

수하는 옆에 가득 쌓인 공을 하나 더 집어 들었다. 그러곤 생각이 많은 얼굴로 골대를 보다, 다시 정확하게 던졌다.

팽그르르르, 골대가 또 돌아간다. 던진 공이 골대를 맞고 팅

겨 나갔다.

"와아."

짝짝짝, 박수 소리가 들렸다. 고개를 돌린 수하는 어이가 없다는 표정으로 웃었다.

"감탄사가 너무 성의 없잖아."

"수하 누나, 멋있어요. 반했어요. 이번 리그 MVP는 수하 누나 거."

귀에 못이 박이도록 들었던 찬사를 고저가 없는 투로 고스란히 수하에게 줄줄 읊어준 헬리가 필드 안으로 쓱 걸어들어왔다.

"그건 더 성의가 없어."

이런. 헬리가 억울하다는 표정으로 대납했다.

"진심을 가득 담았는데."

수하는 대답하는 대신 새 공을 힘껏 던졌다. 이번엔 골대 정중앙이 아니라 그 윗부분에 공이 맞았다.

하지만 역시나 골대는 팽그르르 빠르게 돌아갔다.

저 묵직한 골대가 저렇게 많이 돌다니, 나이트볼 리그에 주전으로 나서는 선수 중에서도 특출한 실력을 가진 이가 아니면 불가능한 일이었다.

하지만 던진 수하나, 그걸 본 헬리나 덤덤하기만 했다. 그는 골대가 돌아가는 걸 가만히 보다가 수하의 곁으로 바짝 다가왔다.

"무슨 생각해?"

"이제 뭘 해야 하나 싶어서."

"아, 그 생각."

헬리는 수하를 가만히 보다가 그냥 그 자리에 털썩 앉았다.

"봐, 나는 평범하게 사는 게 목표였거든? 근데 그냥 난 평범한 게 아니고 특별한 거라는 걸 받아들이기로 했어. 그럼 고민 하나가 사라졌지?"

"응."

수하는 그가 고개를 끄덕이는 걸 보곤 공을 또 힘껏 던졌다. 역시나 또 명중이다.

"솔직히 히버널까지 가면 너희가 다 안전해지겠다, 그럼 됐다, 하고 생각했어. 그런데 이게 뭐야, 내가……, 내가……!"

그녀는 저 멀리 여학생들이 이쪽을 보는 쪽을 힐끗 바라보다가 느긋하게 앉은 헬리에게 바짝 다가가 낮게 말했다.

"내가 공주잖아!"

"그렇지요, 공주님."

으이그. 수하는 가지고 있던 공으로 그의 어깨를 툭 쳤다. 헬리는 하하, 소리 내어 웃었다.

"그런데 어떡하지?"

"뭐가요, 공주님?"

"놀리지 말고. 눈 떠 보니까 나라는 망했지, 마지도 죽었지…… 뭐, 예상도 했고, 각오도 한 일이지만……."

막상 겪어보고 보복까지 했는데 이젠 뭘 해야 하나. 수하는 이젠 점점 속도가 줄어드는 골대를 쳐다보았다.

"이젠 뭘 하지?"

"글쎄. 일단은 졸업을 잘 하는 걸 목표로 삼는 게 낫지 않을까?"

헬리는 마침 경기장 안으로 우르르 들어오는 친구들을 힐끗 보며 빙긋 웃었다.

"너나 나나, 아니, 우리 모두 다."

저기 들어오는 늑대인간 소년들과 뱀파이어 소년들을 다 포함해서 '우리 전부'가 다.

"똑같은 고민을 할 텐데."

"무슨 고민?"

보통 사람들보다 훨씬 청력도 좋은 소년들은 그들의 말을 저 멀리에서도 듣고 고개를 갸우뚱거렸다.

"뭐 하고 있었어? 수하 너 연습해?"

"아니, 그냥 공만 던지고 있었어."

루슬란이 공을 턱 집어서 빙글빙글 돌리고, 지노는 헬리 곁에 털썩 앉았다. 그들 곁에 가방들이 툭툭 내려앉아 쌓이고, 경기장과 서로가 익숙한 이들은 각기 자유로운 대로 서로 붙어 앉았다. 그들은 그 누구도 감히 끼어들 수 없는 끈끈한 사이였다.

"무슨 고민을 하길래 여기서 혼자 공을 던져?"

칸이 씩 웃으며 물었다.

"이게 끝인가 싶어서."

수하는 공을 들어 엔지에게 툭 던지며 말했다.

"끝이면 어떻고 끝이 아니면 또 어때?"

카밀이 아예 드러누우며 중얼거렸다.

"일단은 안전해졌으니 난 됐어. 더 바라지도 않아. 늑대인간들이 뱀파이어에게 사냥당할 일도 없고, 또 이런 말을 해도 괜찮은 뱀파이어 친구들."

그는 그게 특히 중요하다는 듯 주변에 둘러앉은 소년들을 쭈욱 가리켰다.

"······이 생겼으니까, 바라지도 않던 일들이 다 이루어진 거야. 그럼 됐어. 오늘도 한가하네. 좋다."

가만히 카밀을 내려다보던 시온이 그의 배에 냅다 머리를 대고 누워버렸다.

"윽."

"그러게, 날씨 좋네."

"야, 너 머리에 뭘 넣고 다니는 거야! 벽돌 들었냐!"

"아닌데. 똑똑해서 무거운 건데."

"머리가 돌이라 무겁겠지."

투닥대는 소리가 이젠 익숙하고, 없으면 오히려 이상하게 느껴지게 됐다.

수하는 공을 던졌다 받았다 하다가 툭 내려놓곤 그대로 앉았다. 머리 위로 하얀 구름이 흘러가고, 파란 하늘은 더없이 높아 보였다.

그래, 일단 기사들까지 구하고 거기에 늑대인간 소년들까지 일곱이나 지켜낸 공주가 좀 조용하고 한가롭게 살면 또 어떤가.

수하는 눈을 감았다. 기분 좋은 바람이 머리카락을 흩으며 지나갔다.

모든 것이 좋고, 모든 것이 평화로웠다.

〈DARK MOON: 달의 제단〉 THE END

DARK MOON 7

달 의 제 단

WITH ENHYPEN

2023년 12월 20일 초판 1쇄 발행

기획/제작 | HYBE
공동기획 | WEBTOON

발 행 인 | 정동훈
편 집 인 | 여영아
편집국장 | 최유성
편   집 | 양정희 김지용 김혜정 김서연
디 자 인 | DESIGN PLUS

발 행 처 | (주)학산문화사
등   록 | 1995년 7월 1일
등록번호 | 제3-632호
주   소 | 서울특별시 동작구 상도로 282 학산빌딩
편 집 부 | 02-828-8988, 8836
마 케 팅 | 02-828-8986

ISBN 979-11-411-2012-2 03810
ISBN 979-11-411-2005-4 (세트)

값 9,800원